Yoko Kurahashi
倉橋燿子

泣いちゃうわたしと泣けないあの子

I can't stop
crying and
she can't cry

講談社

泣いちゃうわたしと泣けないあの子

I can't stop crying and she can't cry

倉《くら》橋《はし》燿《よう》子《こ》

もくじ
Contents

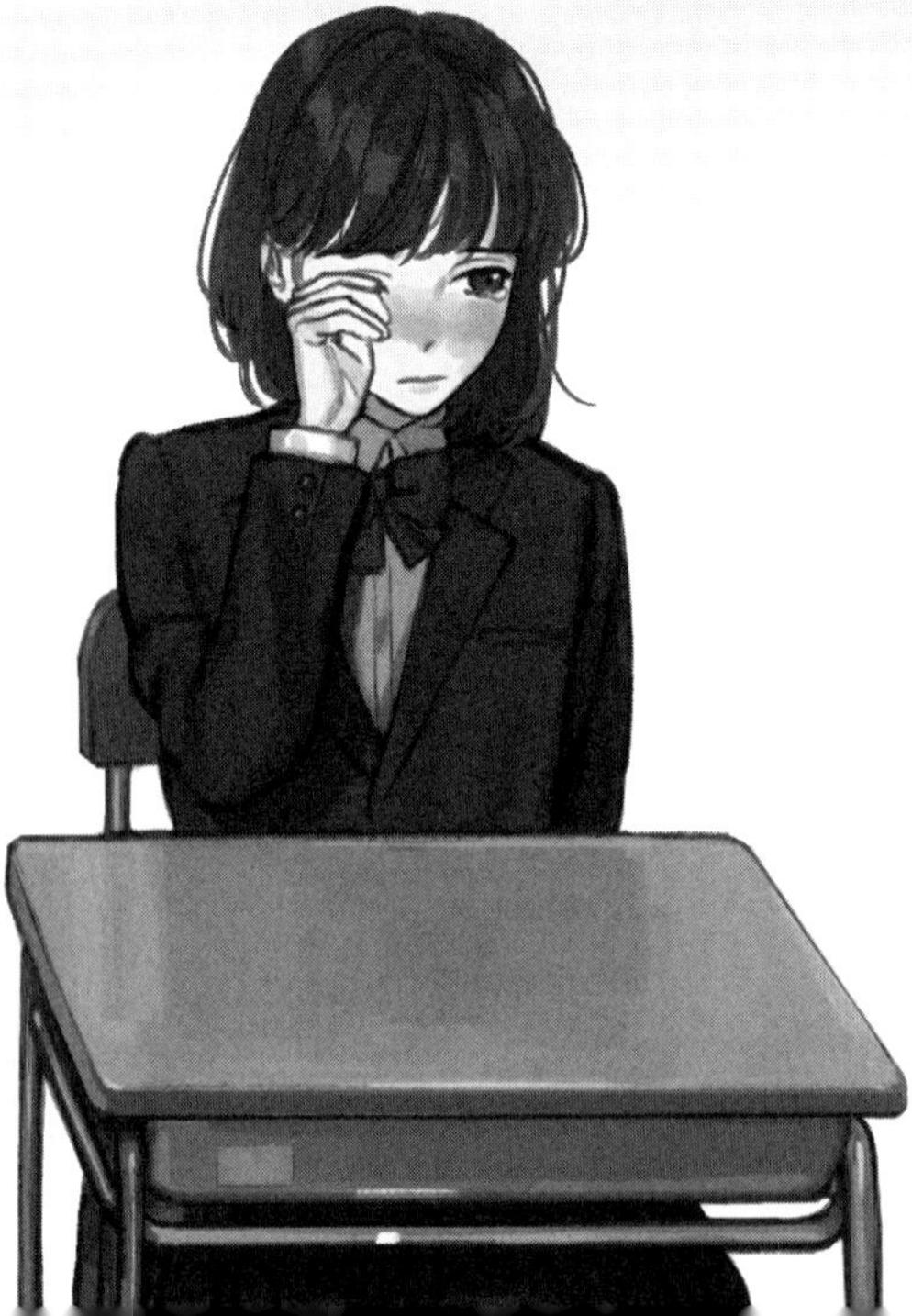

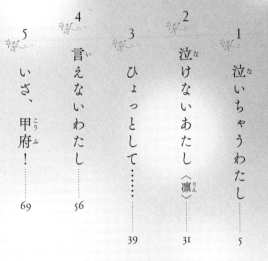

装画
◆
あき

装丁
◆
大岡喜直
（next door design）

1 泣《な》いちゃうわたし

人《ひと》が涙《なみだ》を流《なが》す理由《りゆう》には三つあると、インターネットの何《なに》かの記事《きじ》に書《か》いてあった。

一つ目《め》は、目《め》を乾燥《かんそう》させないため。どんな動物《どうぶつ》も、いつも目《め》をうるおしているんだって。

二つ目《め》は、外《そと》から入《はい》ってくるゴミやホコリから目《め》を守《まも》るため。たしかに、目《め》の中《なか》にまつ毛《げ》が入《はい》ったときは涙《なみだ》が出《で》てきて、洗《あら》い流《なが》してくれる。

そして、三つ目《め》は人間《にんげん》だけの理由《りゆう》。

それは、うれしいとき、悲《かな》しいとき、怒《おこ》っているときなんかに流《なが》す涙《なみだ》。心《こころ》が動《うご》いたときに流《なが》れる感情的《かんじょうてき》なもの。

『涙《なみだ》が出《で》てしまうときは、思《おも》いっきり泣《な》くことでストレス発散《はっさん》になって、気《き》持《も》ちがスッキリするでしょう。』

なんて書《か》いてあるけど……。

はっきり言《い》って、わたしにとっては涙《なみだ》が出《で》ることがストレス！　涙《なみだ》なんか、出《で》なくなればいいのに!!

だって、もう中学生《ちゅうがくせい》だよ!?　すぐ泣《な》くとか、ありえないよね。

そんなわたしの気持《きも》ちを無視《むし》して、涙《なみだ》は勝手《かって》にあふれてくる。

泣《な》きたくないのに、どうすることもできない。

「どうしたの、白須《しらす》さん。答《こた》えられなかったくらいで、何《なに》も泣《な》くことないでしょう。」

数学《すうがく》の先生《せんせい》が困《こま》ったような顔《かお》で言《い》う。

「先生《せんせい》ー。いつものことなんで、気《き》にしないで大丈夫《だいじょうぶ》でーす。」

小学校《しょうがっこう》のときも同《おな》じクラスだった男子《だんし》が言《い》う。

「コイツ、すぐ泣《な》くんで。」

そんなふうに、みんなの前《まえ》で言《い》わなくたって……。

わたしは、ななめうしろの席《せき》から、その背中《せなか》を上目《うわめ》づかいで見《み》つめる。でも、今《いま》ははずかしくて顔《かお》を上《あ》げられない。

きっと目《め》ははれて、鼻《はな》の頭《あたま》は真《ま》っ赤《か》になっているにちがいない。

「だれにだって、わからないことはあります。わからなければ、泣《な》くんじゃなくて、『わかりません。』と言《い》えばいいんだから。」

先生《せんせい》はそう声《こえ》をかけてくれたけど、きっと心《こころ》の中《なか》ではうんざりしているにちがいない。

そりゃ、先生《せんせい》だって困《こま》っちゃうよね、すぐ泣《な》いちゃう生徒《せいと》なんて……。

わたしは白須芽衣《しらすめい》、中学《ちゅうがく》一年生《ねんせい》。クラスでは目立《めだ》たないようにしている。いや、意《い》識《しき》しなくても目立《めだ》たないふつうの女《おんな》の子《こ》。

人前《ひとまえ》に出《で》るのは苦手《にがて》。みんなの前《まえ》で話《はな》すのも苦手《にがて》。とにかく、なるべくそういう場《ば》面《めん》から身《み》を遠《とお》ざけるようにしている。

なのに、どうしても逃《に》げられないときがある。

自己紹介《じこしょうかい》と、授業中《じゅぎょうちゅう》に先生《せんせい》に当《あ》てられること。さっきがまさにそれだった。

五か月前《げつまえ》、入学《にゅうがく》したときの自己紹介《じこしょうかい》もさんざんだった。

「じゃあ、前《まえ》に出《で》て一人《ひとり》三十秒以内《びょういない》なー。先生《せんせい》、ストップウォッチで計《はか》るから、タイムオーバーしないように、がんばって話《はな》せよー。」

担任《たんにん》の先生《せんせい》が声《こえ》をかける。若《わか》い男《おとこ》の先生《せんせい》で、わたしたちとも友《とも》だちみたいに話《はな》してくれるから、みんなすぐに親《した》しみをもった。

先生《せんせい》なりに、ゲーム感覚《かんかく》で楽《たの》しくなるように考《かんが》えてくれたのかもしれない。だけど、わたしにとっては、あせる気持《きも》ちをあおられるだけ。

「はい、三十秒《びょう》！　残念《ざんねん》でしたー。」

「マジか！　思《おも》ったより短《みじか》い！　考《かんが》えてたこと、ぜんぜん話《はな》せなかった。」

最初《さいしょ》の順番《じゅんばん》だった男子《だんし》がくやしそうに席《せき》にもどる。席順《せきじゅん》に進《すす》んでどんどんわたしの番《ばん》が近《ちか》づいてくる。

どうしよう、何《なに》を言《い》えばいいの？　名前《なまえ》と出身《しゅっしん》の小学校《しょうがっこう》しか思《おも》い浮《う》かばない！　趣《しゅ》味《み》って言《い》われても……。

あせればあせるほど頭《あたま》の中《なか》はごちゃごちゃになる。

「じゃあ、次《つぎ》。白須《しらす》。」

「は、はい……。」

結局《けっきょく》、何《なに》も思《おも》いつかないままだ。どうしよう、どうしよう、どうしよう……。

「はい、スタート！」

わたしの心《こころ》の準備《じゅんび》など無視《むし》して、先生《せんせい》がストップウォッチをスタートさせる。

「……白須芽衣《しらすめい》です。若葉小学校出身《わかばしょうがっこうしゅっしん》で……それから、あの……えっと……。」

ああ、最悪《さいあく》の状況《じょうきょう》……。みんなの視線《しせん》がつきささってくるよう。

――「ちゃんとしゃべれよ。」「なんでだまってんの？」「自己紹介《じこしょうかい》もできないの？」

「つまんねーヤツ！」「暗《くら》い女《おんな》。」……。

そんな声《こえ》が、みんなの目《め》から発《はっ》せられているようで。わたしはこわくなってうつむく。

「どうした、白須《しらす》。あと十秒《びょう》だぞ。」

そんなこと言《い》われたって、たった十秒《びょう》で何《なに》をしゃべったらいいのか、よけいにわかんないよ！

そのとき――。

「そんなことで、いちいち泣《な》くなよな。」

だれかがあきれたように言《い》う。クスクスと笑《わら》う女《おんな》の子《こ》の声《こえ》も聞《き》こえる。

「わ、悪《わる》かったな、白須《しらす》。もういいぞ。じゃあ、次《つぎ》……城田《しろた》。」

先生《せんせい》が、あわてて次《つぎ》の順番《じゅんばん》の男《おとこ》の子《こ》を呼《よ》ぶ。

教室《きょうしつ》は静《しず》まり返《かえ》っていた。わたしはまだ、涙《なみだ》を流《なが》していた。

また泣《な》いちゃった……。わたしだってわかっている。泣《な》くようなことじゃないって。

でも、みんなの視線《しせん》が痛《いた》くて、どうすることもできなくて、なさけなくって……。

それからというもの、だれかが泣《な》くと「メイってる。」などと不名誉《ふめいよ》な名前《なまえ》の使《つか》われ方《かた》をされる始末《しまつ》。

小学校《しょうがっこう》のころも、メソメソ泣《な》き虫《むし》ということで「メソ子《こ》」とかげで言《い》われていた。

中学生《ちゅうがくせい》になったら、泣《な》き虫《むし》は卒業《そつぎょう》したかったのに。でも、変《か》わっていない。だからいろいろ言《い》われても仕方《しかた》がない。

だってわたしは、ゲームで負《ま》けても泣《な》くし、ちょっと人《ひと》から注意《ちゅうい》されても泣《な》くし、自分《じぶん》の意見《いけん》を言《い》おうとしても泣《な》くし、反対意見《はんたいいけん》を言《い》われようものなら、涙《なみだ》が止《と》まらず、もう消《き》えてしまいたくなる。

それでも、こんなわたしとでもいっしょに行動《こうどう》してくれるやさしい女《おんな》の子《こ》が一人《ひとり》か二人《ふたり》はいるもので、わたしはその子《こ》たちとおとなしく、静《しず》かに中学校生活《ちゅうがっこうせいかつ》を過《す》ごしていた。

ただ……。

「ねえねえ、『テイルズ・オブ・プリンス』の最新刊《さいしんかん》読《よ》んだ？」

「読《よ》みました。今回《こんかい》は、プリンス・ジョーの魅力《みりょく》がぞんぶんに発揮《はっき》されていましたね。」

「たしかに今回《こんかい》のジョー様《さま》、カッコよかった。でも、ロン様《さま》の出番《でばん》が少《すく》なかったよお！」

クラスでいっしょにいる夏美《なつみ》とエミ子《こ》は、『テイルズ・オブ・プリンス』というマンガにハマっているようで、それぞれの〝推《お》しプリンス〟の話《はなし》でも盛り上《あ》がっている。

こうなると、わたしは話《はなし》に入《はい》っていけない。ただだまって二人《ふたり》の話《はなし》を聞《き》くよりほかなくなってしまう。

はっきり言《い》って、二人《ふたり》にとって、わたしはいてもいなくてもいい存在《そんざい》。だけど、わたしも一人《ひとり》ぼっちはさみしいから、「へえ〜。」「ふーん。」「そうなんだー。」と、てきとうに相《あい》づちを打《う》っている。

いっしょにいるけど……いっしょじゃない。

一人《ひとり》じゃないけど……さみしい。

いつも自分《じぶん》だけはなれた場所《ばしょ》にいる気分《きぶん》……。

「メイの推《お》しはだれですか？」

エミ子《こ》がクイッとメガネを押《お》し上《あ》げながらたずねてくる。

「え……わたし、そのマンガ読《よ》んでなくて……。」

「そうじゃなくて。別《べつ》にプリンスじゃなくても、だれかいないの？」

夏美《なつみ》が興味《きょうみ》しんしんといった表情《ひょうじょう》でわたしを見《み》つめる。

「うーん……今《いま》は、特《とく》にいないかな。」

「なーんだ、じゃあいっしょにロン様《さま》を推《お》そうよ！　あっ、待《ま》って。やっぱり同担《どうたん》(同《おな》じ人《ひと》を推《お》すこと）はダメ。」

「メイ、推《お》しのいる生活《せいかつ》はうるおいますよ。」

「う、うん……そうだね。」

ほんとうは知《し》っている。

推《お》しのいる生活《せいかつ》は楽《たの》しいって。毎日《まいにち》がウキウキするって。

だって――。

わたしにも、推《お》しがいるから！

なのに、どうしてそのことを夏美《なつみ》やエミ子《こ》に言《い》わないかっていうと――。

今《いま》から一か月前《げつまえ》の、夏休《なつやす》みのある日《ひ》のこと、わたしは家《いえ》の近《ちか》くのショッピングモールに来《き》ていた。中央《ちゅうおう》の広《ひろ》い休憩《きゅうけい》スペースで、わたしはお母《かあ》さんがトイレからもどってくるのを待《ま》っていた。まわりでは、いくつかの女《おんな》の子《こ》のグループが楽《たの》しそうに話《はな》している。

急《きゅう》に、館内《かんない》の照明《しょうめい》が暗《くら》くなったと思《おも》ったら、五人組《にんぐみ》のグループが仮設《かせつ》ステージに現《あらわ》れ、スポットライトが当《あ》たる。

「こんにちはー！　突然《とつぜん》ですが、ぼくたち、『モノトーンズ』です！　メンバーは全《ぜん》員《いん》、ここ地元《じもと》にある若葉《わかば》ダンススクール出身《しゅっしん》なんです。応援《おうえん》よろしくお願《ねが》いします！」

五人《にん》は、グループ名《めい》のとおり、白《しろ》と黒《くろ》のモノトーンのコーディネートで、それぞれチェック、縦《たて》ストライプ、水玉《みずたま》、千鳥格子《ちどりごうし》、ボーダー柄《がら》の衣装《いしょう》を着《き》ている。

え……、ここで何《なに》か始《はじ》まるの……？

ステージの真《ま》ん前《まえ》にいたわたしは、あわてて移動《いどう》しようとしたけど、次《つぎ》の瞬間《しゅんかん》には曲《きょく》が流《なが》れ、五人《にん》のパフォーマンスが始《はじ》まった。

このグループのファンらしき女《おんな》の子《こ》たちがいっせいに立《た》ち上《あ》がり、歓声《かんせい》をあげながら彼《かれ》らに思《おも》い切《き》り手《て》をふっている。

キレッキレのダンスに、力強《ちからづよ》いボーカル――。

わたしの目《め》はステージにくぎづけになり、動《うご》けなくなる。

「カッコいい……！」

初《はじ》めて間近《まぢか》で見《み》るダンスパフォーマンスに圧倒《あっとう》されてしまう。

中《なか》でもチェック柄《がら》の衣装《いしょう》を着《き》た右《みぎ》はじの男子《だんし》に目《め》をうばわれた。五人《にん》の中《なか》ではいちばん体《からだ》が小《ちい》さいのに、それを感《かん》じさせないパフォーマンスに圧倒《あっとう》された。

「ありがとうございました！」

一曲終《きょくお》えると、彼《かれ》らは、さっそうとステージから下《お》りる。

もう終《お》わっちゃうの？　え、なんていうグループだったっけ？

「やっぱ『モノトーンズ』、いいわ〜。」

さっきまで飛《と》びはねていた、同《おな》い年《どし》か少《すこ》し年上《としうえ》くらいの女《おんな》の子《こ》たちが口々《くちぐち》に言《い》っている。

だから今日《きょう》は、休憩《きゅうけい》スペースに若《わか》い女《おんな》の子《こ》が多《おお》かったんだ。今《いま》さらながら納得《なっとく》する。

そう、『モノトーンズ』！　わたしはすぐにSNS《エスエヌエス》で検索《けんさく》した。

「あ、あった！　この人《ひと》たちだ。」

画像《がぞう》を拡大《かくだい》してみたり、プロフィールを読《よ》んだりしていると、お母《かあ》さんがトイレからもどってきた。

「もう、トイレがめちゃくちゃ混《こ》んでて大変《たいへん》だった〜。あとね、この化粧水《けしょうすい》がセールになっていたからまとめ買《が》いしたの。ラッキーだったわあ。でね、メイの洗顔料《せんがんりょう》ももうすぐなくなりそうだったでしょ。いっしょに買《か》っといたから。」

お母《かあ》さんは、自分《じぶん》がなかなかもどってこなかった言《い》い訳《わけ》をしゃべり続《つづ》けているけど、そのおかげでわたしには新《あたら》しい出会《であ》いがあったから、ぜんぜんかまわない。

家《いえ》に帰《かえ》ると、自分《じぶん》の部屋《へや》にもどって、『モノトーンズ』に関《かん》する情報《じょうほう》を収集《しゅうしゅう》する。

すると、すでに何曲《なんきょく》かリリースしていて、ダンス動画《どうが》などもSNS《エスエヌエス》にアップされていた。

さっそく『モノトーンズ』に関《かん》するSNS《エスエヌエス》をかたっぱしからフォローする。

中《なか》でも、わたしのお気《き》に入《い》りは、チェック柄《がら》の衣装《いしょう》を着《き》ているナオト。メンバーの中《なか》では最年少《さいねんしょう》でひかえ目《め》だけど、ダンスになるとものすごくダイナミックなところがカッコいい!

ナオトのプロフィールを見《み》ていくと、わたしと同《おな》じA型《エーがた》!! なんかうれしい。好《す》きな色《いろ》は青《あお》、趣味《しゅみ》は映画鑑賞《えいがかんしょう》。わたしも、今度《こんど》ナオトが観《み》た映画《えいが》、観《み》てみよう。

そして、好《す》きなタイプは「明《あか》るくて積極的《せっきょくてき》な子《こ》」……!!

どうしよう、わたしと正反対《せいはんたい》……って、別《べつ》にナオトと知《し》り合《あ》いになることなんてないのに。

でも、ナオトの好《す》きなタイプの女《おんな》の子《こ》になりたい――なんて、自分《じぶん》でも笑《わら》ってしまう。

それからというもの、SNS《エスエヌエス》チェックと動画再生《どうがさいせい》が日課《にっか》になった。

動画《どうが》は、まだそんなに数多《かずおお》くアップされているわけではないけれど、同《おな》じものを繰《く》り返《かえ》し見《み》る。再生回数《さいせいかいすう》をのばして応援《おうえん》したいという理由《りゆう》もある。

これが、わたしにとっての初《はじ》めての推《お》し。

だけど……。それを夏美《なつみ》やエミ子《こ》には言《い》えなかった。

だって、彼女《かのじょ》たちには別《べつ》の推《お》しがいるし、『モノトーンズ』はまだテレビとか雑誌《ざっし》に出《で》ていないから、一般的《いっぱんてき》にはあまり知《し》られていない。それに、彼《かれ》らのよさを、うまく伝《つた》えられる自信《じしん》がない。

しかも、クラスでのわたしの立《た》ち位置《いち》を考《かんが》えると、「マイナーなメイが推《お》してるマイナーアイドルグループ」なんて思《おも》われるのは、ファンとして『モノトーンズ』に申《もう》し訳《わけ》ない。

そんなわけで、わたしは一人静《ひとりしず》かに、こっそりと、ほっこりしながら推《お》し活《かつ》をしている。

それでも、ときどき思《おも》う。

夏美《なつみ》とエミ子《こ》のように、いっしょに推《お》しのことで話《はな》せる友《とも》だちがいたらなあって。

二人《ふたり》のように目《め》をキラキラさせながら、「ナオトのダンスがカッコいい。」だの「今《こん》度《ど》の新曲《しんきょく》、最高《さいこう》。」などと、『モノトーンズ』について語《かた》り合《あ》えたらどんなに楽《たの》しいだろう。

「メイって、青《あお》のチェック柄《がら》が好《す》きだよね。」

手芸部《しゅげいぶ》でマスコット作《づく》りをしていると、夏美《なつみ》が声《こえ》をかけてくる。夏美《なつみ》とエミ子《こ》は部《ぶ》活《かつ》もいっしょだ。

「そ、そう？」

「ええ。メイは、ポーチも体操服袋《たいそうふくぶくろ》もティッシュケースも全部青《ぜんぶあお》いチェック柄《がら》ですし。」

さすが、エミ子《こ》はよく見《み》ている。

「それにしても、メイはほんとうに器用《きよう》だよね。今《いま》、作《つく》ってるの、クマのマスコットでしょ？　売《う》り物《もの》みたい。もしかして、わたしのロン様《さま》のマスコットも作《つく》れちゃうんじゃない？」

ロン様推《さまお》しの夏美《なつみ》がスマホでプリンス・ロンの画像《がぞう》を見《み》せながらすりよってくる。

「夏美《なつみ》のバッグ、すでにロン様《さま》でいっぱいじゃない。」

夏美《なつみ》の布《ぬの》バッグには、ロン様《さま》の缶《かん》バッジがびっしりとつけられており、持《も》ち手《て》のところには、キーホルダーがジャラジャラとぶら下《さ》がっていて、もうこれ以上《いじょう》、何《なに》かをつけるすきまもないほどだ。

「推《お》しのグッズはいくらあってもいいし、とりあえず全部《ぜんぶ》そろえたいのよ。」

「今度《こんど》、ロン様《さま》の紋章《もんしょう》をししゅうしたハンカチでも作《つく》るよ……。」

「それ、いい！　やった！」

「いいですね。プリンス・ジョーの紋章《もんしょう》のものもぜひ。」

エミ子《こ》も話《はなし》に入《はい》ってくる。

「わ、わかった。」

そう言《い》って、自分《じぶん》のマスコット作《づく》りにもどる。もちろん、これはナオトのつもり。ナオトの好《す》きな青《あお》の、ナオトのイメージパターンのチェック柄《がら》。

一匹《ぴき》じゃさみしいだろうから、メンバー全員分《ぜんいんぶん》の柄《がら》の生地《きじ》で五匹《ひき》のクマをそろえよう！

カバンにつけたら、毎日《まいにち》『モノトーンズ』といっしょにいるみたいで、きっと楽《たの》しいにちがいない。

それから数日後《すうじつご》のホームルームの時間《じかん》でのこと――。

「今日《きょう》は、後期《こうき》の委員《いいん》を決《き》める。まず、立候補者《りっこうほしゃ》はいるかー？」

先生《せんせい》の呼《よ》びかけに、手《て》を挙《あ》げる人《ひと》はだれもいなかった。

黒板《こくばん》には、学級委員《がっきゅういいん》、生活委員《せいかついいん》、図書委員《としょいいん》、放送委員《ほうそういいん》、体育委員《たいいくいいん》、清掃委員《せいそういいん》、保健委員《ほけんいいん》、給食委員《きゅうしょくいいん》、飼育委員《しいくいいん》、園芸委員《えんげいいいん》……とたくさんの委員《いいん》の名前《なまえ》が書《か》き出《だ》されている。

「そんなことだろうと思《おも》って、先生《せんせい》、くじ引《び》きを用意《ようい》してきましたー。」

静《しず》まり返《かえ》っているわたしたちに向《む》かって、先生《せんせい》が箱《はこ》を取《と》り出《だ》して見《み》せる。そして、一人《ひとり》ずつ順番《じゅんばん》にくじを引《ひ》くことになった。

各委員《かくいいん》、二人《ふたり》ずつ選出《せんしゅつ》されるけど、人数《にんずう》の関係《かんけい》で、運《うん》のいい数人《すうにん》は委員《いいん》をやらなくてもすむ。

ああ……わたしって、くじ運悪《うんわる》いんだよなあ。前期《ぜんき》は放送委員《ほうそういいん》を引《ひ》いてしまった。緊張《きんちょう》のあまり声《こえ》がふるえすぎて「放送事故《ほうそうじこ》」とまで言《い》われる苦《にが》い経験《けいけん》をした。どうか、放送委員《ほうそういいん》と学級委員《がっきゅういいん》だけは当《あ》たりませんように!!

両手《りょうて》を組《く》んで、ひそかに神様《かみさま》にお願《ねが》いしていると、

「ええ〜！　引《ひ》いちゃったよお！」
という大《おお》きな声《こえ》が教室《きょうしつ》にひびく。クラスの中《なか》でもひときわ目立《めだ》つリン――黒田凛《くろだりん》だった。

ストレートのロングヘアにまっすぐそろえた前髪《まえがみ》が、リンのはっきりした顔立《かおだ》ちをきわだたせている。

「部活《ぶかつ》、いそがしいのに〜。」
不満《ふまん》そうにぼやくリンに向《む》かって、同《おな》じダンス部《ぶ》に入《はい》っているモモ――青山萌々《あおやまもも》がたずねる。

「リン、いつもはくじ運《うん》いいのにねー。ちなみに何委員《なにいいん》？」
「園芸委員《えんげいいいん》。」
「マジで？　リンが園芸《えんげい》とかウケる〜。」

そんなやり取《と》りをしている二人《ふたり》をぼんやりとながめながら、〝やっぱりダンス部《ぶ》の子《こ》って、自分《じぶん》とはまったくちがうな。〟と思《おも》った。

自分《じぶん》に自信《じしん》があって、率先《そっせん》して人前《ひとまえ》に出《で》ていけて、友《とも》だちも多《おお》くて、わたしみたいにすぐ泣《な》く心配《しんぱい》もなくて、学校生活《がっこうせいかつ》をめいっぱい楽《たの》しんでいそう……。同《おな》じクラスだけど、まともに話《はな》したこともない。まず、話《はなし》が合《あ》わなそうだし、ちょっと苦手《にがて》なタイプ……。

どうせ委員《いいん》をやるなら、せめて夏美《なつみ》かエミ子《こ》と同《おな》じ委員《いいん》に!!

わたしは、祈《いの》るような気持《きも》ちでくじの箱《はこ》の中《なか》に手《て》を入《い》れた。そして、運命《うんめい》の一枚《まい》をゆっくりと開《ひら》く。

——えっ⁉

「はい、これで園芸委員《えんげいいいん》は決《き》まったな。」

わたしが引《ひ》いたくじを見《み》て、先生《せんせい》がリンの名前《なまえ》のとなりにわたしの名前《なまえ》を書《か》いた。よりによって、今《いま》まさに苦手《にがて》なタイプだと思《おも》ったリンと同《おな》じ委員《いいん》になるなんて……!!

うまくやっていける気《き》がしない。しかも、二人《ふたり》きりだから逃《に》げようがない。

どうしよう……。

「ちょっと〜、なんで泣《な》くのよ。」

リンに言《い》われて、気《き》づくと、わたしのほおに涙《なみだ》が伝《つた》っていた。

「そんなにあたしといっしょがイヤなわけ？」

「う、ううん、これは……。」

わたしはあわてて涙《なみだ》をぬぐう。

「リン〜、泣《な》かすなよー。」

男子《だんし》が茶化《ちゃか》す。

「はあ……なんかやりづら。」

リンはため息《いき》をつきながら言《い》った。

ああ、また泣《な》いちゃった。ほんとうにイヤになる。

それにしても、先《さき》が思《おも》いやられるな……。わたし、リンとうまくやっていけるだろうか。

また泣《な》いちゃったら、今度《こんど》こそ怒《おこ》られそう。怒《おこ》られたらわたし、さらに泣《な》いちゃうかもしれない。そうしたら、ぜったいにウザがられる……!!

恐怖《きょうふ》が恐怖《きょうふ》を呼《よ》んで、どんどんふくれ上《あ》がっていく。不安《ふあん》な気持《きも》ちに押《お》しつぶされそうになって、わたしは机《つくえ》に顔《かお》をつっぷす。

もう、どうしてこんなにすぐ涙《なみだ》が出《で》るの……？

目《め》の前《まえ》に青《あお》いチェック柄《がら》のペンケースが見《み》える。

好《す》きなタイプは明《あか》るくて積極的《せっきょくてき》な子《こ》――。ナオトの好《この》みの女《おんな》の子《こ》って、きっと、リンみたいな子《こ》なんだろうな……。

リンを見《み》ると、園芸委員《えんげいいいん》になったことなどすっかり忘《わす》れたかのように、モモと楽《たの》しそうに話《はな》しながら大笑《おおわら》いしている。

わたしも、あんなふうに、小《ちい》さなことでいつまでもくよくよしないで、明《あか》るくなれたら。すぐ泣《な》くんじゃなくて、いつも笑顔《えがお》でいられたら――。

うーん、なれないかもしれないけど、ちょっとがんばってみようかな……。ナオト、やってみるよ！

わたしは、ペンケースをギュッとにぎりしめた。


「おはよう……。」

まだ眠《ねむ》い目《め》をこすりながら二階《かい》の自分《じぶん》の部屋《へや》からダイニングに下《お》りると、すでにお父《とう》さんは朝《あさ》ごはんを食《た》べていた。

わたしの姿《すがた》を見《み》ると、お母《かあ》さんはすかさず、

「まったく、そんな髪《かみ》の毛《け》ボサボサで。早《はや》く顔洗《かおあら》ってきなさい。あと、前髪《まえがみ》、ちょっと長《なが》いんじゃないの？　みっともないから、今晩《こんばん》、お母《かあ》さんが切《き》ってあげる。ツメは大丈夫《だいじょうぶ》でしょうね？」

と、まるで風紀委員《ふうきいいん》のように、わたしの全身《ぜんしん》をチェックする。

洗面所《せんめんじょ》で鏡《かがみ》を見《み》ると、たしかに肩《かた》までのボブヘアの毛先《けさき》があちらこちらに向《む》かってはねている。

「ああ～、めんどくさい!!　だから、もっとのばして結《むす》びたいのに。」

わたしは毛先《けさき》をぬらして、ドライヤーを当《あ》てながら内《うち》まきにブローする。

お母《かあ》さんは、わたしの髪《かみ》の毛《け》が肩《かた》よりも下《した》にのびると、勝手《かって》に美容院《びよういん》を予約《よやく》してしまう。わたしには、この、肩《かた》までの長《なが》さがいちばんにあっているんだそうだ。

「メイ、ごはん冷《さ》めちゃうから、早《はや》く食《た》べなさい。ただでさえ、あんたは食《た》べるのが

遅《おそ》いんだから。」

もうっ！ 一度《いちど》にいくつも言《い》われたって、できないよ！

これが、わたしの日常《にちじょう》。いつもと同《おな》じやり取《と》り……いつもと同《おな》じ……ん？ わたし、何《なに》か忘《わす》れているような……。

「ヤバいっ!! 今日《きょう》は、園芸委員会《えんげいいいんかい》で早《はや》く学校《がっこう》に行《い》かなきゃいけなかったんだ!!」

あわてて自分《じぶん》の部屋《へや》にカバンを取《と》りに行《い》く。

「メイ！ どうしてそんなこと忘《わす》れるの？ 昨日《きのう》ちゃんと言《い》っておいてくれれば、起《お》こしたのに。委員会《いいんかい》の初日《しょにち》から遅刻《ちこく》なんて、はずかしい。」

「あいかわらずメイはのんびりしてるな。」

カリカリしているお母《かあ》さんとは対照的《たいしょうてき》に、お父《とう》さんはニコニコしている。

お父《とう》さんとは、あんまり話《はな》す時間《じかん》がないし、お母《かあ》さんみたいにガミガミ言《い》わないから気《き》が楽《らく》だ。

「あなた、のん気《き》なこと言《い》ってないで。ほら、メイ！ まだうしろの髪《かみ》の毛《け》がはねてるわよ。」

「時間《じかん》ない！　行《い》ってきます！」

わたしは、朝《あさ》ごはんも食《た》べずに家《いえ》を飛《と》び出《だ》す。

「あ、メイ。どうしたの？　そんなにあわてて。」

近所《きんじょ》に住《す》む二つ年上《としうえ》のおさななじみ、〝まり姉《ねえ》〟こと香月麻里江《かつきまりえ》ちゃんがわたしに声《こえ》をかけてくる。

まり姉《ねえ》とは、小《ちい》さいころから家族《かぞく》ぐるみのつき合《あ》いで、きょうだいがいないわたしはほんとうのお姉《ねえ》ちゃんのようにしたっている。

まり姉《ねえ》にはお兄《にい》さんがいるけど、姉妹《しまい》がほしかったみたいで、わたしの面倒《めんどう》をよく見《み》てくれた。

今《いま》は、同《おな》じ中学《ちゅうがく》に通《かよ》っているから、登下校《とうげこう》でいっしょになることもあるし、学校《がっこう》で見《み》かけることもある。

「どうしよう、寝坊《ねぼう》しちゃった！」

「えー？　まだ間《ま》に合《あ》うよ？」

「ちがうの！　わたし、今日《きょう》、委員会《いいんかい》で早《はや》く行《い》かないといけなかったの！」

わたしは早口《はやくち》に言《い》って、そのまま走《はし》っていく。

最悪《さいあく》！　初《はじ》めての委員会《いいんかい》で遅刻《ちこく》するなんて！　先輩《せんぱい》もいるのに……。

なんて言《い》おう。今朝《けさ》、具合悪《ぐあいわる》かったとか？　学校《がっこう》に行《い》く途中《とちゅう》で転《ころ》んじゃったとか？　どの教室《きょうしつ》かわからなくて迷《まよ》ったとか……。いやいや、どれもウソくさいな。

なんて考《かんが》えているあいだに、学校《がっこう》に着《つ》いてしまった。乱《みだ》れる呼吸《こきゅう》をととのえながら、そうっと教室《きょうしつ》の扉《とびら》を開《ひら》く。室内《しつない》にいた委員会《いいんかい》メンバーの視線《しせん》が、いっせいにわたしに向《む》けられる。

「お、遅《おく》れてすみません。あの……。」

何《なに》か理由《りゆう》を言《い》わなくちゃとモゴモゴしていると、

「遅刻《ちこく》はしないようにね。」

と、その場《ば》を進行《しんこう》していた委員長《いいんちょう》らしき女《おんな》の先輩《せんぱい》に注意《ちゅうい》されてしまった。

決《けっ》して厳《きび》しい言《い》い方《かた》ではなかったけれど、怒《おこ》られてしまった自分《じぶん》がなさけなくて、鼻《はな》の奥《おく》がツーンとしてくる。

まずい……。

そう思《おも》った瞬間《しゅんかん》、目《め》に涙《なみだ》があふれていた。

「ごめんなさい……。」

〝泣《な》いてしまって、ごめんなさい。〟の意味《いみ》だったけど、教室内《きょうしつない》はざわつき始《はじ》めた。

「あ、えっと、なんか……ごめんね？」

委員長《いいんちょう》が言《い》ったときだった。

「いいかげんにしてよね！」

リンのするどい声《こえ》が教室《きょうしつ》にひびいた。

「いちいち泣《な》かないでよ。先輩《せんぱい》、気《き》にしないで大丈夫《だいじょうぶ》ですから。」

委員会《いいんかい》は気《き》まずい雰囲気《ふんいき》のまま進《すす》められ、クラスごとの、花壇《かだん》の水《みず》やりと雑草取《ざっそうと》りの当番《とうばん》が決《き》められた。

そもそもわたしが遅刻《ちこく》したのがよくなかったけど、みんなの前《まえ》であんなふうに怒《おこ》らなくったって……。やっぱりリンとうまくやっていける気《き》がしない……。

2 泣《な》けないあたし 〈凛《りん》〉

あたし、黒田凛《くろだりん》は、中学《ちゅうがく》一年生《ねんせい》。ダンス部《ぶ》に入《はい》っていて練習《れんしゅう》がいそがしいのに、運《うん》悪《わる》くくじ引《び》きで園芸委員《えんげいいいん》になっちゃって……。

放課後《ほうかご》の部活《ぶかつ》を終《お》えて家《いえ》に帰《かえ》ると、洗濯物《せんたくもの》を取《と》りこんで、流《なが》しの中《なか》にたまった食器《しょっき》を洗《あら》う。そして、夕《ゆう》ごはんのしたくに取《と》りかかる。

これが、あたしの帰宅後《きたくご》のルーティン。家事《かじ》のほとんどを担当《たんとう》している。

「ええ～、またチャーハン？」

小学《しょうがく》三年生《ねんせい》の弟《おとうと》、雄太《ゆうた》が不満《ふまん》そうな声《こえ》をあげる。

「今日《きょう》はレタスも入《はい》ってるし！」

「でも、チャーハンはチャーハンだし！」

少《すこ》し前《まえ》までは、文句《もんく》を言《い》わずになんでも食《た》べていたのに、近《ちか》ごろはだんだん生意気《なまいき》になってきたような気《き》がする。

「あんたね、チャーハンはこの一品《ひとしな》でお肉《にく》も野菜《やさい》もお米《こめ》も食《た》べられるんだよ。最強《さいきょう》じゃん。」

そう、冷蔵庫《れいぞうこ》にある残《のこ》り物《もの》を、なんでもまぜこんでいためれば、いろんなバリエーションができるし、経済的《けいざいてき》だし、何《なに》より手《て》っ取《と》り早《ばや》くてかんたん。これは、中学生《ちゅうがくせい》にしてあたしが得《え》た生活力《せいかつりょく》。

この主婦感覚《しゅふかんかく》と家事力《かじりょく》は、われながら、なかなかのものだと思《おも》う。お母《かあ》さんのお手《て》伝《つだ》いなら、小学校《しょうがっこう》三年生《ねんせい》くらいからやっている。五年生《ねんせい》からは、こうしてかんたんなごはんも作《つく》るようになった。

お父《とう》さんはいない。お母《かあ》さんは働《はたら》いていて帰《かえ》りが遅《おそ》い。だから、家《いえ》のことは、あたしたちがやらなくちゃ。

「雄太《ゆうた》、おふろ、早《はや》くそうじして。」

けれど、雄太《ゆうた》はゲームに夢中《むちゅう》で返事《へんじ》もしない。もう！

「ちょっと！ 先《さき》にそうじ、してってば！」

あたしは、ソファに寝《ね》そべっている雄太《ゆうた》の手《て》からゲームを取《と》り上《あ》げる。

「何《なに》すんだよ！ 返《かえ》してよ！」

雄太《ゆうた》が取《と》り返《かえ》そうと手《て》をのばしてくる。あたしはゲームを持《も》つ手《て》を、雄太《ゆうた》が届《とど》かない高《たか》さまでさらに上《あ》げる。

「だーめ！ そうじが先《さき》。」

あたしは、雄太《ゆうた》くらいの年《とし》のころから、ちゃんとお母《かあ》さんのお手伝《てつだ》いをしていたんだから。

するとーー。

「あと少《すこ》しでボスキャラを倒《たお》せるところだったのにっ!! お姉《ねえ》ちゃんのバカ！」

そう言《い》って、雄太《ゆうた》は泣《な》き始《はじ》めた。

まったく……。

雄太《ゆうた》が泣《な》いているのを見《み》ていたら、今朝《けさ》、遅刻《ちこく》してきたメイのことを思《おも》い出《だ》した。

なんだか、またイライラした気分《きぶん》がこみ上《あ》げてくる。

「泣《な》けば、ゆるされると思《おも》ってんの!?」

思《おも》わず言《い》い方《かた》が強《つよ》くなってしまう。

すると、雄太《ゆうた》はさらに大《おお》きな声《こえ》で泣《な》き続《つづ》けた。これ以上《いじょう》、泣《な》かないでよねっ！

メイもそう。何《なに》かにつけて、泣《な》く。すぐ泣《な》くから、ちょっとめんどうくさい。だって、何《なに》がきっかけで泣《な》き出《だ》すかわからないんだもの。

なのに、よりによって、そのメイと同《おな》じ園芸委員《えんげいいいん》になるとは……。

あたしは、小学生《しょうがくせい》のときから、観察日記《かんさつにっき》のために育《そだ》てていたアサガオを毎年《まいとし》、枯《か》らしていたようなタイプ。

そんなあたしが園芸委員《えんげいいいん》になってしまったのは、正直《しょうじき》ショックだった。そもそも、委員会《いいんかい》になんて入《はい》りたくなかったし。

でも、泣《な》くほどのことではないよね。

あたしは、少々《しょうしょう》のことでは泣《な》かない。だって、泣《な》いたってしょうがないもの。だから、どんなことがあっても「泣《な》くもんか。」って思《おも》っている。

それなのに、雄太《ゆうた》もメイもすぐ泣《な》く。あまえているんだ、きっと。

委員会《いいんかい》で遅刻《ちこく》を注意《ちゅうい》されたのだって、メイが遅《おく》れてきたのが悪《わる》いのであって、先輩《せんぱい》は悪《わる》くない。

でも、まあ、あんまりメイを泣《な》かさないようにしなくちゃ。あたしが泣《な》かせたと思《おも》われてもイヤだし……って、なんであたしがこんなに気《き》をつかわなくちゃいけないの!?

はあ……なんか腹《はら》が立《た》ってきた。こんなときは、カズヤでいやされようっと。

あたしは、スマホで動画《どうが》を再生《さいせい》する。ああ、今日《きょう》もカズヤはカッコいい。見《み》ているだけで、心《こころ》がフワフワしてきて、最高《さいこう》の気分《きぶん》になる。

「ニヤニヤしちゃって、気持《きも》ち悪《わる》ーい。」

雄太《ゆうた》がにくまれ口《ぐち》をたたくけど、そんなのどうでもいいもんね。今《いま》、あたしの全神《ぜんしん》経《けい》、全細胞《ぜんさいぼう》がカズヤにささげられている。

一回目《かいめ》は、何《なに》も考《かんが》えずにただ楽《たの》しんでグループ全体《ぜんたい》を見《み》て、二回目《かいめ》はカズヤだけにフォーカス。三回目《かいめ》はいっしょに歌《うた》って、四回目《かいめ》はいっしょに踊《おど》る！

最後《さいご》はもう一度《いちど》、じっくりと彼《かれ》らの世界《せかい》にひたる。

やっぱり、いい!! カズヤはいい!!

あたしは、カズヤのダンスを見《み》て、ダンス部《ぶ》に入《はい》ろうって思《おも》ったんだ。

カズヤは、グループのリーダーで、踊《おど》るときもセンター。すっごくかがやいている。あんなにはげしい動《うご》きなのに、ずっと笑顔《えがお》で踊《おど》り続《つづ》けていて、ほんとうにダンスが好《す》きなんだなって、見《み》ているほうにもビンビン伝《つた》わってくる。

あたしも、あんなふうに踊《おど》りたい。自分《じぶん》も楽《たの》しくて、見《み》ている人《ひと》も元気《げんき》にしちゃうような……。

何度《なんど》も見《み》ているから、手《て》をふり上《あ》げるときに少《すこ》し腰《こし》をそらせる、カズヤのちょっとした動《うご》きのクセだって、まねできちゃう!

「よくあきずに何回《なんかい》も同《おな》じ動画《どうが》見《み》られるね。」

小学《しょうがく》三年生《ねんせい》にあきれられるあたしって……。自分《じぶん》でもおかしくなる。

でも、推《お》し活《かつ》をしているときだけは、あたしの時間《じかん》。あたしのためだけの時間《じかん》。それくらい、いいじゃん。だって、毎日《まいにち》、がんばっているもん。

この時間《じかん》は、イヤなことも忘《わす》れられる。明日《あした》もまたがんばろうって思《おも》える。

「今日《きょう》も、再生回数《さいせいかいすう》をかせいだよー。」

まだまだメジャーになっていない彼《かれ》らを応援《おうえん》するには、動画《どうが》の再生回数《さいせいかいすう》を上《あ》げたり、彼《かれ》らの曲《きょく》を使《つか》って「踊《おど》ってみた」動画《どうが》をアップしたり、彼《かれ》らの魅力《みりょく》を伝《つた》える動画《どうが》を自分《じぶん》で編集《へんしゅう》したり……。

あたしたちファンも地道《じみち》な努力《どりょく》が必要《ひつよう》なのよ！　がんばらないと!!

「ねえ、おふろそうじしたよ。おなかすいたよー。」

雄太《ゆうた》に言《い》われてハッとする。もう三十分《ぶん》もたっている。動画《どうが》を見《み》ていると、あっという間《ま》に時間《じかん》が過《す》ぎちゃうんだよね。

「よしよし。じゃあ、食《た》べよっか。」

カズヤを見《み》てすっかりきげんを直《なお》したあたしは、お母《かあ》さんの分《ぶん》のチャーハンを取《と》り分《わ》けてラップをして、残《のこ》りを温《あたた》め直《なお》す。

「いただきます。」

そして、いつものように二人《ふたり》だけの夕《ゆう》ごはん。

あたし、こんなにカズヤのことが好《す》きだけど、実《じっ》は学校《がっこう》ではまだ言《い》えていない。

ダンス部《ぶ》にいる子《こ》たちは、メジャーなアイドルとか、Ｋ《ケー》－ＰＯＰ《ポップ》とか、王道《おうどう》のグループを推《お》していて、てきとうに話《はなし》を合《あ》わせているうちに、言《い》い出《だ》しにくくなってしまった。

もし、言《い》ったとして――。

「え、だれ？　それ。」

――そんな反応《はんのう》、悲《かな》しすぎるっ！

というわけで、ダンス部《ぶ》の中《なか》では、あたしは一応《いちおう》モモと同《おな》じく『Ｒａｉｎ《レイン》 Ｍａｎ《マン》』というグループ推《お》しということになっている。

『Ｒａｉｎ《レイン》 Ｍａｎ《マン》』もいいんだけど……やっぱりあたしはカズヤなの！

あーあ、だれかとこの思《おも》いを分《わ》かち合《あ》いたい！

よし！　彼《かれ》らがメジャーになれるよう、あたし、全力《ぜんりょく》で応援《おうえん》するから!!　そうしたら、堂々《どうどう》と言《い》うんだ。

『あたしは、彼《かれ》らがメジャーになる前《まえ》から、ずっと目《め》をつけてたのよ。』って。

あたしは彼《かれ》らのＳＮＳ《エスエヌエス》の最新《さいしん》の投稿《とうこう》にハートマークをつけた。

3 ひょっとして……

「あら、めずらしい。メイが自分《じぶん》で起《お》きるなんて。」

今日《きょう》は、リンとの初《はじ》めての水《みず》やり当番《とうばん》。

絶対《ぜったい》に遅刻《ちこく》できない！　――そう思《おも》ったら、ゆうべは緊張《きんちょう》でよく眠《ねむ》れなくて、お母《かあ》さんに起《お》こされる前《まえ》にベッドから出《で》た。

ほんと、メンタル弱《よわ》いな、わたし……。でも、これから学年《がくねん》の終《お》わりまではリンといっしょなんだし、がんばらないと！

わたしは、カバンにつけたクマのマスコットをにぎりしめる。クマは五匹《ひき》。モノトーンズのメンバー五人《にん》それぞれが好《す》きな色《いろ》の、それぞれの担当柄《たんとうがら》の生地《きじ》で作《つく》った。

朝《あさ》の当番《とうばん》は、校庭《こうてい》や中庭《なかにわ》にある植木《うえき》やプランターの花《はな》への水《みず》やり。あと、草取《くさと》り。

待《ま》ち合《あ》わせの中庭《なかにわ》へ行《い》くと、すでにリンが立《た》っていた。

「おはよー。ちゃちゃっとやっちゃお。」

リンがだるそうに言《い》う。

「そ、そうだね。わたし、ジョウロ取《と》ってくる。」

わたしは少《すこ》し緊張《きんちょう》しながら答《こた》えて、カバンをベンチに置《お》いた。

まだ怒《おこ》っているかな。この前《まえ》、委員会《いいんかい》に遅刻《ちこく》して泣《な》いたこと……。今日《きょう》は、何《なに》があっても泣《な》かないようにしなくちゃ。

そう自分《じぶん》に言《い》い聞《き》かせてジョウロを持《も》ってもどってくると、わたしもリンも無言《むごん》のまま、もくもくと水《みず》やりをする。

うう……なんか気《き》まずい……。

たえきれなくなったわたしは、思《おも》い切《き》って口《くち》を開《ひら》いた。

「あの……この前《まえ》はごめんね。」

「何《なに》が？」

「遅刻《ちこく》してきて、おまけに泣《な》いちゃって……。」

「べつに。」

また沈黙《ちんもく》――。

どうしよう、話《はなし》が続《つづ》かないよー!!

一人《ひとり》であせっていると、ふいにリンがたずねた。

「ねえ、これって、何《なに》かのグッズ?」

リンが指《ゆび》さしているのは、わたしのカバンにぶら下《さ》がっている五匹《ひき》のクマのマスコットだった。

「あ、これはわたしが自分《じぶん》で作《つく》ったもので、グッズとかそういうんじゃ……。」

わたしは、目《め》をキョロキョロさせながら答《こた》える。

「ひょっとして……。」

リンは、わたしの目《め》をのぞきこむように見《み》つめながらたずねた。

「メイって、『モノトーンズ』推《お》し?」

「……!!」

おどろきのあまり、口《くち》を開《あ》けるけれども声《こえ》が出《で》ない。やっとのことで、ふるえる声《こえ》をしぼり出《だ》してたずねる。

「でも……これ見《み》て『モノトーンズ』だってわかるってことは、黒田《くろだ》さんも……。」

「バレた？　まさか、こんなところに『カラーズ』がいたとはねえ。」

——ほんとにそう。こんなところに『カラーズ』がいたなんて。

『カラーズ』とは、『モノトーンズ』のファンネーム。彼《かれ》らが白《しろ》と黒《くろ》のモノトーンの衣装《いしょう》を着《き》ているから、逆《ぎゃく》にファンはカラフルな服装《ふくそう》で彼《かれ》らを応援《おうえん》する——それがファンネームの由来《ゆらい》。

リンを見《み》たら、目《め》が合《あ》った。リンはどう思《おも》っているんだろう……。

——よりによって、この子《こ》だったとは……。

それは、わたしの気持《きも》ちであると同時《どうじ》に、リンの思《おも》いでもあるんだろうな。

「ねえ、だれ推《お》しなの？」

「あ、わたしはナオト……。」

「なんかわかる！　ひかえ目《め》だけどめっちゃダンスうまいよね！」

「そうなの！　リンちゃんは？」

ナオトのことわかってくれる子《こ》がいるなんて！　うれしすぎて思《おも》わず名前《なまえ》呼《よ》びしてしまった。

「あたしは絶対《ぜったい》カズヤ！」

「『モノトーンズ』の絶対的《ぜったいてき》センター！　リンちゃんっぽい！」

ひとしきり推《お》しメンバーの話《はなし》でも盛り上《あ》がったあと、リンが言《い》った。

「ねぇ、リン〝ちゃん〟って呼《よ》ぶのやめて。だれからも〝ちゃん付《づ》け〟で呼《よ》ばれたことないし、なんか気持《きも》ち悪《わる》い。」

「リン……？」

「そうそう、呼《よ》び捨《す》てでいいから。」

もっと、こわい人《ひと》だと思《おも》っていた……。

リンのサバサバした雰囲気《ふんいき》に救《すく》われて、わたしは思《おも》い切《き》ってきいてみることにした。

「ねえ、リン、怒《おこ》ってる？　わたしがすぐ泣《な》くこと。」

「なんでそんなこときくの？　泣《な》きたいから泣《な》いてるんでしょ？」

リンはけげんそうな顔《かお》できき返《かえ》す。

「ちがうよ。ほんとはわたし、泣《な》きたくないの。なのに、涙《なみだ》が勝手《かって》に出《で》てくるの。」

「なんで?」

なんで? ――わからない。わたしも知《し》りたい。なんて答《こた》えよう……。そう思《おも》っているそばから、涙《なみだ》が出《で》そうになる。

「まあ、いいや。」

言葉《ことば》をつまらせたわたしを見《み》たリンは、それ以上《いじょう》きかなかった。

「それよりさ、どこで『モノトーンズ』を知《し》ったの?」

リンの関心《かんしん》は、もっぱら『モノトーンズ』にあるようで、そのあともいつから知《し》っているのか、あの動画《どうが》は見《み》たか……など、これまでだれとも話《はな》せなかったうっぷんを晴《は》らすかのように次《つぎ》から次《つぎ》へと質問《しつもん》してきた。

わたしも、『モノトーンズ』のことになると、ついおしゃべりになってしまう。

「なあんだ、メイって無口《むくち》なタイプかと思《おも》ってたけど、けっこう話《はな》すじゃん。」

「だれかと『モノトーンズ』のこと話《はな》したいと思《おも》ってたから……。」

「わかる～!!」

こうして、意外《いがい》な共通点《きょうつうてん》を見《み》つけたわたしとリンは、『モノトーンズ』を通《とお》して少《すこ》しずつ親《した》しくなっていった。

やっぱり、『モノトーンズ』ってすごい!! 苦手《にがて》なタイプの子《こ》ともおしゃべりできるようになれちゃうんだから。

それからというもの、園芸委員《えんげいいいん》の当番《とうばん》が楽《たの》しみになった。

ふだんは、わたしは夏美《なつみ》やエミ子《こ》といっしょにいるし、リンは目立《めだ》つ子《こ》たちのグループにいて、ほぼ接点《せってん》はない。

でも、この水《みず》やり当番《とうばん》の時間《じかん》だけは——。

「ねえ、この赤《あか》い花《はな》、カズヤっぽくない？」

「カズヤの好《す》きな色《いろ》が赤《あか》だから？」

「そのとおり！ 決《き》めた。今日《きょう》からこの赤《あか》い花《はな》は〝カズヤ〟って呼《よ》ぶ。そのほうが、お世話《せわ》しがいがあるし。大《おお》きく育《そだ》つんだよ～。」

そう言《い》いながら、リンはていねいにジョウロで水《みず》をやる。

カズヤの担当《たんとう》の柄《がら》は水玉模様《みずたまもよう》で、好《す》きな色《いろ》は赤《あか》。わたしが作《つく》った五匹《ひき》のマスコットの中《なか》にも、赤《あか》い水玉模様《みずたまもよう》のクマがいる。

「それなら、この青《あお》い花《はな》はナオトにする。」

「まだツボミってところが、ナオトっぽいね。いちばん、年下《としした》だし。」

「きれいに咲《さ》いてね、ナオト。」

二人《ふたり》ならんでプランターの前《まえ》にしゃがみこみ、花《はな》たちをうっとりとながめる。

「ちょっとお、二人《ふたり》してニヤニヤしながら花《はな》に話《はな》しかけてて、あやしいんだけど。」

モモが、不思議《ふしぎ》そうな顔《かお》をしてやってくる。

「モモ、やっぱ自然《しぜん》はいやされるわ〜。」

「マジで言《い》ってんの？　リンのキャラじゃないし。ねえ、早《はや》く行《い》かないと朝礼始《ちょうれいはじ》まるよ。」

「え、そんな時間《じかん》だったんだ！　メイも行《い》こうよ。」

その瞬間《しゅんかん》、モモがおどろいた表情《ひょうじょう》でリンを見《み》たのを、わたしは見《み》のがさなかった。

「へえ、リン。メイを泣《な》かさずに、うまくやってるんだ？」

冷《ひ》やかすようにモモが言《い》う。

「あっ、わたし、ジョウロを片《かた》づけてから行《い》くから、リンは先《さき》に行《い》っていいよ。モモちゃん、待《ま》ってるし……。」

「そう……じゃあ、先行《さきい》くね。」

そう言《い》って、リンはモモといっしょに教室《きょうしつ》に向《む》かった。

正直《しょうじき》、わたしはホッとした。

だって、リンとは『モノトーンズ』のおかげで話《はな》せるようになったけど、モモやほかのリンの友《とも》だちといっしょとなると、やっぱり気後《きおく》れしてしまう。

とても気《き》が合《あ》いそうにない。モモだって「こんな泣《な》き虫女《むしおんな》と友《とも》だちになったの？」って思《おも》っていたにちがいない。

リンに、迷惑《めいわく》をかけたくない。だって、もともとリンとわたしはちがう世界《せかい》にいるんだから……。

こうして、わたしとリンは、クラスではこれまでどおり、それぞれの仲《なか》のいいグループで行動《こうどう》し、委員会《いいんかい》や水《みず》やり当番《とうばん》のときとLINE《ライン》では『モノトーンズ』の話題《わだい》でもり上《あ》がるという関係《かんけい》になった。

「めずらしいですね、メイが赤《あか》を使《つか》うとは。心境《しんきょう》の変化《へんか》ですか。」

エミ子《こ》がメガネをクイッと上《あ》げながら、わたしの手元《てもと》の生地《きじ》をのぞきこんでくる。

「うん、これはプレゼントなんだ。」

わたしが今作《いまつく》っているのは、赤《あか》い水玉模様《みずたまもよう》のポーチ。リンにお願《ねが》いされたのだ。そして、わたしのと色《いろ》と柄《がら》ちがい。

教室《きょうしつ》では話《はな》せないけど、ひそかに同《おな》じポーチを持《も》つというのは、なんだか二人《ふたり》だけの秘密《ひみつ》みたいでうれしい。

『リン、「モノトーンズ」のSNS《エスエヌエス》更新《こうしん》されてたね！』

『見《み》た見《み》た！　五人《にん》がわちゃわちゃしてる感《かん》じ、たまんないよねー！』

『ライブとかやらないかなあ。生《なま》で見《み》たいよー！』

『もしライブやったら、絶対行《ぜったいい》こうね!!』

リンが炎《ほのお》の絵文字《えもじ》とともに送《おく》ってきた。

『うん！　絶対行《ぜったいい》くっ!!!』

わたしも、炎《ほのお》の絵文字《えもじ》をつけて返信《へんしん》する。

夜《よる》、寝《ね》る前《まえ》のSNS《エスエヌエス》チェックとリンとのLINE《ライン》が日課《にっか》になった。

ああ、こんなふうにリンと仲良《なかよ》くなれるなんて思《おも》ってもみなかった。

「推《お》し友《とも》がいると、こんなに楽《たの》しいんだ……。ナオト、ありがとう。」

わたしは、自分《じぶん》で作《つく》った青《あお》いチェックのまくらカバーに顔《かお》をうずめて、眠《ねむ》りについた。


ある土曜日《どようび》、ついにリンがわたしの家《いえ》にやってくることになった。

なぜかというと――。なんと、『モノトーンズ』のインスタライブが行《おこな》われることになったから！

どこでいっしょに見《み》るかという話《はなし》になり、リンが家《いえ》に自分《じぶん》の部屋《へや》がないからと言《い》って、わたしの家《いえ》で見《み》ることになった。

「あら～、リンちゃん、いらっしゃい。」

インスタライブが始《はじ》まるまでの時間《じかん》、わたしの部屋《へや》でリンと話《はな》していると、お母《かあ》さんが紅茶《こうちゃ》とクッキーを持《も》って入《はい》ってくる。

「メイがお友《とも》だちを連《つ》れてくるなんてめずらしいのよ。ゆっくりしていってね。」

そして、お母《かあ》さんはどっかりとすわりこむと、

「リンちゃんも園芸委員《えんげいいいん》なんでしょう？　メイから聞《き》いてるわ。メイったら、委員会《いいんかい》があるの忘《わす》れてて、初日《しょにち》から遅刻《ちこく》しちゃってねえ。」

なんて話《はな》し始《はじ》める。

（ちょっと、お母《かあ》さん!!　その話《はなし》はもう……。）

わたしは、心《こころ》の中《なか》でお母《かあ》さんにうったえる。

「メイって、ちょっと抜《ぬ》けてるところがあるから、リンちゃんみたいなしっかりしたお友《とも》だちがいて安心《あんしん》だわ。」

「はあ……。」

「兄弟《きょうだい》はいらっしゃるの？」

「弟《おとうと》が一人《ひとり》います。」

「やっぱり。お姉《ねえ》さんだからしっかりしてるのね。」

「メイって、一人《ひと》っ子《こ》なんだね。」

リンはわたしに向《む》かって言《い》ったが、なぜか先《さき》にお母《かあ》さんが答《こた》える。

「そうなのよ〜。私《わたし》も兄弟《きょうだい》がいたほうがよかったかなとも思《おも》ったんだけどね。そうしたら、リンちゃんみたいに、もっとしっかりしてたかもしれないわよね。」

「いいなあ、一人部屋《ひとりべや》。メイの部屋《へや》、かわいいね。」

とリンが言《い》えば、

「あら、ありがとう。このカーテンなんか、私《わたし》が一目《ひとめ》ぼれしちゃって選《えら》んだのよ。」

と、またしてもお母《かあ》さんが答《こた》える。しかも、

「それで、メイは学校《がっこう》でどんな様子《ようす》？」

なんてきく始末《しまつ》。

（ちょっと、お母《かあ》さん！　わたし、学校《がっこう》ではリンとは正反対《せいはんたい》の地味《じみ》グループなんだから。）

わたしは、お母《かあ》さんの口《くち》をふさぎたい気持《きも》ちで、心《こころ》の中《なか》で必死《ひっし》にさけぶ。

「メイってほら、まじめでいい子《こ》だけど、おとなしいでしょう?」

(そんなふうには思《おも》われてないんだからやめてよ。)

「ときどき、私《わたし》もメイが何考《なにかんが》えてるのかわからないときがあるのよ。」

(それは、お母《かあ》さんが一方的《いっぽうてき》にしゃべって、わたしの気持《きも》ちをきかないからじゃない。)

「これからも、メイのことよろしくね。」

(もういいから、早《はや》く出《で》ていってよ!)

――心《こころ》の中《なか》では必死《ひっし》に反抗《はんこう》するけど、言葉《ことば》としては何一《なにひと》つ発《はっ》せられない。出《で》てきたのは、せいいっぱい追《お》い出《だ》す意味《いみ》を込《こ》めての「お母《かあ》さん、紅茶《こうちゃ》ありがとう。」だった。

やっとのことで、お母《かあ》さんが部屋《へや》から出《で》ていくと、わたしはリンにあやまる。

「ごめんね、うちのお母《かあ》さん、おしゃべりで。」

「ううん。メイのお母《かあ》さんって、〝いいお母《かあ》さん〟って感《かん》じ。」

〝いいお母《かあ》さん〟――。そう見《み》えるんだ……。

それからわたしたちは、『モノトーンズ』のダンスのふりをまねしてみる。

リンは、さすがダンス部《ぶ》だけあって、少《すこ》し練習《れんしゅう》するとすぐに完《かん》ぺきにこなしてしまうけど、わたしはぜんぜん追《お》いつけない。すると、リンがレッスンをしてくれた。

いちばん苦手《にがて》なタイプと思《おも》っていたリンが、今《いま》では、いっしょにいて楽《たの》しい友《とも》だちになっているのだから不思議《ふしぎ》だ。

「あっ、始《はじ》まるよ。」

わたしとリンは、パソコンの前《まえ》で正座《せいざ》をして待機《たいき》する。

『どうもー！　モノトーンズでーす!!』

いつの間《ま》にか、わたしもリンも胸《むね》の前《まえ》で手《て》を組《く》んで、まるでお祈《いの》りしているみたいに画面《がめん》をじっと見《み》つめている。

「ヤバい、カズヤ、カッコいい……。」

うっとりした目《め》のリンがつぶやく。

「ナオト、髪《かみ》の毛《け》切《き》った！」

「そう？　メイ、そんな細《こま》かなところ、よくわかるね。」

「ナオトのことなら、まかせて。」

そんなことを話《はな》しながらも、二人《ふたり》とも目線《めせん》は画面《がめん》から一瞬《いっしゅん》たりともはなれることはない。

そうしていると――。

『ここで、みなさんにお知《し》らせがあります！　ジャジャーン！』

リーダーのカズヤが、手《て》に持《も》っていたボードをひっくり返《かえ》す。そこには、『モノトーンズ、初《はつ》のホールでのライブ決定《けってい》!!』の文字《もじ》が――。

「リン！」「メイ！」

わたしたちは、ほぼ同時《どうじ》に名前《なまえ》を呼《よ》び合《あ》い、手《て》を取《と》り合《あ》った。

「ついに……。」

「きた……。」

「ホールでのライブだって！」

「すごい!!」

ここで、初《はじ》めてわたしとリンは顔《かお》を見合《みあ》わせた。

『といっても、ワンマンじゃなくて、ほかのグループとのジョイントなんだけどね。』

「それでも、じゅうぶんすごいよ！」

『でも、ぼくたちにとっては、初《はじ》めてのホールでのライブなんで、ぜひ応援《おうえん》してください！』

「します！」

画面《がめん》ごしに返事《へんじ》をしながら、わたしもリンも興奮《こうふん》している。

『で！　記念《きねん》すべきライブの会場《かいじょう》は――。』

「甲府《こうふ》!?」

4

言《い》えないわたし

「それで、甲府《こうふ》ってどこ？」

「メイ、甲府《こうふ》は山梨県《やまなしけん》の県庁所在地《けんちょうしょざいち》でしょ！」

「や、山梨県《やまなしけん》!?　遠《とお》いじゃん！」

わたしは、あらためてライブがどこで行《おこな》われるのかを認識《にんしき》して、おどろく。

「特急《とっきゅう》を使《つか》えば一時間《じかん》ちょっとで行《い》けるけど、安《やす》く行《い》くなら各駅停車《かくえきていしゃ》だね。片道《かたみち》二時《じ》間半《かんはん》くらいかかるけど……。」

リンが、さっそくスマホで行《い》き方《かた》を調《しら》べてくれる。

「ほら、日曜日《にちようび》の昼《ひる》の回《かい》なら、その日《ひ》のうちに帰《かえ》ってこられるよ。」

リンがこちらに向《む》けたスマホの画面《がめん》を見《み》ると、たしかにそんなに遅《おそ》くならずに帰《かえ》ってこられることがわかった。

「山梨《やまなし》かあ……。」

行《い》ったことのない土地《とち》の名前《なまえ》に、ひるんでしまう。

「メイ、行《い》くでしょ?」

「えっ?」

「行《い》くよね?」

うう……、リンの圧《あつ》がすごい……。

「う、うん……。」

「『モノトーンズ』の初《はつ》の晴《は》れ舞台《ぶたい》だよ? 行《い》かないなんてありうる?」

なおもリンがせまってくる。

ナオトがひかえ目《め》ながら、画面《がめん》のはしっこで『待《ま》ってるよー。』と言《い》って手《て》をふっていたのを思《おも》い出《だ》す。ナオトが待《ま》っている——。

「そうだね……うん、そうだよね。行《い》こう、行《い》きたい!!」

「よし! そうと決《き》まれば、さっそくチケット申《もう》しこむよー。」

リンは、すでにアクセスしていたインスタ視聴者《しちょうしゃ》のためのチケット先行販売《せんこうはんばい》サイトの申《もう》しこみボタンをポチッと押《お》した。

「はやっ！」

「当《あ》たり前《まえ》じゃん！　よし、計画立《けいかくた》てるよ！」

それからわたしたちは、山梨行《やまなしい》きについて、あれやこれや調《しら》べ始《はじ》めた。

「わざわざ山梨《やまなし》まで行《い》くんだから、甲府名物《こうふめいぶつ》のおいしいごはんも食《た》べたいし、グッズも買《か》いたいから、各駅停車《かくえきていしゃ》で交通費《こうつうひ》が安《やす》くなるようにしよう！　そのぶん、早起《はやお》きしてさ。」

リンが目《め》をかがやかせながら言《い》う。

「そうだね！　何食《なにた》べる？」

「やっぱりスイーツは外《はず》せないよね。」

インターネットやSNS《エスエヌエス》で『甲府《こうふ》』『スイーツ』と検索《けんさく》すると、いろいろな画像《がぞう》が出《で》てくる。

「うわあ、こんなにたくさん食《た》べきれないよ。」

わたしは、出《で》てきたスイーツの画像《がぞう》を見《み》ながらあちこち目移《めうつ》りしてしまう。

「せっかくだから、ちょっと観光《かんこう》もしようよ。見《み》て！　こんな、甲府《こうふ》の城下町《じょうかまち》を再現《さいげん》した『甲州夢小路《こうしゅうゆめこうじ》』っていうのが駅《えき》の近《ちか》くにあるよ。」

今度《こんど》は、リンが観光《かんこう》スポットを検索《けんさく》し始《はじ》めた。

わたしも自分《じぶん》のスマホで調《しら》べてみると、お城《しろ》があるのを見《み》つけた。

「『舞鶴城公園《まいづるじょうこうえん》』も近《ちか》い！　お城《しろ》の跡《あと》が公園《こうえん》になってるよ。」

「へえ。それ、だれのお城《しろ》？」

「……知《し》らない。」

あとでちゃんと調《しら》べてみたら、戦国時代《せんごくじだい》、武田氏《たけだし》が滅亡《めつぼう》したあと、豊臣秀吉《とよとみひでよし》の命令《めいれい》で造《つく》られたお城《しろ》だということがわかった。その城跡《しろあと》の一部《いちぶ》が、『舞鶴城公園《まいづるじょうこうえん》』として開放《かいほう》されているらしい。

なんか、ちょっと社会科見学《しゃかいかけんがく》みたい。

もはや、『モノトーンズ』のライブに行《い》くのか、甲府観光《こうふかんこう》へ行《い》くのかわからないくらい、わたしたちはライブ行《い》きに向《む》けて夢《ゆめ》をふくらませる。

「すっごく楽《たの》しみ！」

もちろん、『モノトーンズ』に会《あ》えることも楽《たの》しみだけど、リンといっしょに、行《い》ったことのない場所《ばしょ》へプチ旅行《りょこう》することにドキドキしてしまう。

「よしっ！　あとは親《おや》をどう説得《せっとく》するかだよね。あたし、がんばる！　また、水《みず》やり当番《とうばん》のときに話《はな》そ！」

そう言《い》って、リンはウキウキと帰《かえ》っていった。

一人《ひとり》になると、急《きゅう》に心配《しんぱい》になった。

さっきまではリンといっしょにもり上《あ》がっていたけど……。よく考《かんが》えれば、子《こ》どもだけで地方《ちほう》に行《い》ったことがないし、そもそも推《お》しのことは親《おや》に言《い》っていない。

——『あとは親《おや》をどう説得《せっとく》するかだよね。』

最後《さいご》にリンが言《い》い残《のこ》していった言葉《ことば》が耳《みみ》にひびく。

説得《せっとく》……。なんて言《い》えばいいんだろう。

お母《かあ》さんは、わたしが推《お》し活《かつ》をしているなんて思《おも》ってもいないだろうし、きっと反《はん》対《たい》するにちがいない。でも、記念《きねん》すべき彼《かれ》らのステージを絶対《ぜったい》に見《み》たい！

山梨《やまなし》に行《い》くっていっても、日帰《ひがえ》りなんだし、友《とも》だちと遊《あそ》びに行《い》くって言《い》えば、なんとかなるよね。

いちいちお母《かあ》さんにあれやこれやときかれるのもめんどうくさいし、うまく説得《せっとく》できる自信《じしん》もないし……。

「よし！　決《き》めた。」

わたしは、親《おや》には内緒《ないしょ》で行《い》くことにした。

「あたし、あれからいろいろ調《しら》べたんだけどね。」

水《みず》やりをしながら、リンが甲府《こうふ》行《い》きのルートについて話《はな》す。

「高尾駅《たかおえき》から甲府駅《こうふえき》まで、中央本線《ちゅうおうほんせん》の各駅停車《かくえきていしゃ》でだいたい一時間半《じかんはん》かかるの。で、高《たか》尾《お》までどうやって行《い》くかなんだけど……。」

リンは、どういうルートでどの電車《でんしゃ》に乗《の》れば、最《もっと》も安《やす》く行《い》くことができるかを細《こま》かく調《しら》べてくれていた。

「こっちの電車《でんしゃ》のほうが早《はや》く着《つ》くの。でも、乗《の》り換《か》えが多《おお》いけど、この電車《でんしゃ》でこうやって行《い》ったほうが少《すこ》し安《やす》く行《い》けるのよ。」

「知《し》らない駅《えき》での乗《の》り換《か》え、大丈夫《だいじょうぶ》かな。」

「外国《がいこく》じゃあるまいし、日本語《にほんご》が読《よ》めれば大丈夫《だいじょうぶ》だって！ わからなければ、駅員《えきいん》さんにきけばいいんだし。」

リンはたのもしい。わたしみたいにうじうじ考《かんが》えないで、サッと行動《こうどう》できるところ、ほんとうにすごいと思《おも》う。だから、クラスでもいつもみんなの中心《ちゅうしん》にいるんだろうな。

「メイは何《なに》か調《しら》べた？」

「うん、この前《まえ》、リンが『甲州夢小路《こうしゅうゆめこうじ》』って調《しら》べてくれたでしょ。あそこに、どんなお店《みせ》があるのか、見《み》てみたんだけど……このお店《みせ》とかどう？」

わたしは、気《き》になったお店《みせ》のホームページをスマホで見《み》せる。

「わあ、よさそう！」

ひとしきりもり上《あ》がったあと、急《きゅう》にリンが真剣《しんけん》なまなざしを向《む》けてくる。

「あと、いちばん重要《じゅうよう》なことがあるよ、メイ。」

わたしは、たずねるような視線《しせん》をリンに向《む》ける。

「ふりつけ覚《おぼ》えなきゃ！」

そう、今回《こんかい》の甲府行《こうふい》きのいちばんの目的《もくてき》は『モノトーンズ』のライブ！　いっしょにもり上《あ》がるためには、曲《きょく》に合《あ》わせて踊《おど》れるようになる必要《ひつよう》がある。

もちろん、全身《ぜんしん》で踊《おど》るのではなく、手《て》だけを動《うご》かせばいいんだけど……。

「わたし、やってみたんだけど、どうしてもついていけなくて……。」

わたしは、体《からだ》を動《うご》かすのが大《だい》の苦手《にがて》。ダンスだって、右手《みぎて》と左手《ひだりて》でちがう動《うご》きができなくてパニックになってしまう。

「メイ、今日《きょう》から特訓《とっくん》よ！」

それからは、学校帰《がっこうがえ》りに公園《こうえん》で待《ま》ち合《あ》わせて、リンに教《おし》えてもらいながら、ふりつけを練習《れんしゅう》した。

「まずは、一《ひと》つ一《ひと》つの動《うご》きを確実《かくじつ》に、ゆっくりやってみよう。あたしの手拍子《てびょうし》に合《あ》わせて。せーの。」

リンが、パン、パン、パン、パンと、ゆっくり手《て》をたたきながら、

「右手《みぎて》を上《うえ》に、左手《ひだりて》は右手《みぎて》のひじに。はい、逆《ぎゃく》。」

と、ふりつけを口頭《こうとう》で説明《せつめい》してくれる。

「じゃあ、次《つぎ》は曲《きょく》に合《あ》わせてやってみようか。」

リンがスマホで『モノトーンズ』の曲《きょく》を流《なが》す。

そのとたんに、リズムの速《はや》さについていけなくて、わたしは脱落《だつらく》する。リンを見《み》ると、完《かん》ぺきにこなしている。

いいなあ。わたしも、あんなふうに踊《おど》れたら――。

わたしは、家《いえ》に帰《かえ》ってからも、自分《じぶん》の部屋《へや》でひそかに練習《れんしゅう》を続《つづ》けた。

「最近《さいきん》、しょっちゅう帰《かえ》りが遅《おそ》いけど、部活《ぶかつ》は週三日《しゅうみっか》って言《い》ってなかった？」

公園《こうえん》でのリンとのダンスの練習《れんしゅう》を終《お》えて家《いえ》に帰《かえ》ってくると、お母《かあ》さんが夕《ゆう》ごはんの用意《ようい》をしながらたずねてきた。

「うん……あとは、帰《かえ》りにリンと公園《こうえん》で話《はな》したり。」

「ああ、このあいだ、うちに遊《あそ》びに来《き》た子《こ》ね。」

リンと遊《あそ》んでいるということなら、お母《かあ》さんも心配《しんぱい》しないだろう――そう思《おも》ったのに。

「リンちゃんって、どんな子《こ》なの？」

「え？　お母《かあ》さん、この前《まえ》、会《あ》ったでしょ？」

「会《あ》ったわよ。でも、なんだかメイとはタイプがちがうような……。」

ドキッ。す、するどい……。

「ダンス部《ぶ》なんでしょ？　よくメイがあんな活発《かっぱつ》な感《かん》じの子《こ》とお友《とも》だちになったなと思《おも》って、ちょっと不思議《ふしぎ》に思《おも》ってたのよ。」

お母《かあ》さんの表情《ひょうじょう》は、心《こころ》なしかくもっている。

「リンちゃんって、勉強《べんきょう》とかちゃんとしてるのかしら。」

「え？」

「ほら、目立《めだ》つ感《かん》じの子《こ》だから、悪《わる》い子《こ》たちとか男《おとこ》の子《こ》とも遊《あそ》んだりしてるんじゃない？　メイがそれにまきこまれているんじゃないかと思《おも》って……。」

顔《かお》から血《ち》の気《け》が引《ひ》いていくのがわかった。まさか、お母《かあ》さんが、リンのことをそんなふうに思《おも》っていたなんて……！

ショックで声《こえ》が出《で》ない。

「どうなの？」

お母《かあ》さんにきかれて、わたしははじけるように答《こた》えた。

「……リンは、そんな子《こ》じゃないもん!!」

そう言《い》いすてて、わたしは二階《かい》の自分《じぶん》の部屋《へや》にかけこんだ。カバンを放《ほう》り投《な》げ、ベッドにつっぷす。それと同時《どうじ》に涙《なみだ》があふれてきた。

ひどい！　ひどいよ！　リンのことを、あんなふうに言《い》うなんて！

もう、絶対《ぜったい》にお母《かあ》さんには何《なに》も言《い》わない。リンのことも、『モノトーンズ』のことも、当然《とうぜん》、甲府《こうふ》へリンと行《い》くことも――。

「メイ、ごはんよ。」

お母《かあ》さんが呼《よ》びに来《く》る。

わたしは、おずおずとダイニングへと向《む》かった。

「いただきます。」

お父《とう》さんは、仕事《しごと》でまだ帰《かえ》ってきていない。お母《かあ》さんと二人《ふたり》きりの食卓《しょくたく》――。

「メイ、どうしたの、あんな言《い》い方《かた》。」

お母《かあ》さんに話《はなし》をむし返《かえ》されて、わたしはムッとする。

お母《かあ》さんは、自分《じぶん》が言《い》ったことで、わたしがどれほど傷《きず》ついたか、わかっていないどころか、わたしの言《い》い方《かた》が気《き》に入《い》らなかったようだ。

「これまでメイは、お母《かあ》さんにあんな言《い》い方《かた》したことなかったじゃない。お母《かあ》さん、ショックだわ。」

え……？

『ショック』という言葉《ことば》におどろいてお母《かあ》さんのほうを見《み》ると、頭《あたま》をかかえてうつむいている。

あまりの落《お》ちこみように、なんだかいたたまれない気《き》持《も》ちになってくる。

言《い》い方《かた》、キツかったかな。わたし、お母《かあ》さんに悪《わる》いことしちゃった……？

「ごめんなさい……。」

わたしは、お母《かあ》さんを悲《かな》しい気《き》持《も》ちにさせてしまったことをあやまった。

すると、思《おも》いもよらない言葉《ことば》が返《かえ》ってきた。

「やっぱり、リンちゃんの影響《えいきょう》なんじゃないの？」

「だから、ちがうってば！」

「ほら、そうやってすぐに反抗的《はんこうてき》な言《い》い方《かた》をする。今《いま》まではそんなことなかったじゃない。」

それは、お母《かあ》さんがリンのことを悪《わる》く言《い》うからでしょ。あやまってそんした。

「だいたい、メイは最近《さいきん》よく自分《じぶん》の部屋《へや》にこもってるけど、ちゃんと勉強《べんきょう》してるの？動画《どうが》ばっかり見《み》てるんじゃないでしょうね？」

追《お》いうちをかけるお母《かあ》さんに、反論《はんろん》もできず、くやしくて涙《なみだ》がこぼれる。

「泣《な》いてないでなんとか言《い》いなさい。」

わたしはまた何《なに》も言《い》えなくなって、もくもくとごはんを食《た》べ続《つづ》けた。

5 いざ、甲府《こうふ》！

『起《お》きてる？』『起《お》きてる』『家出《いえで》た？』『今《いま》、出《で》た』『チケット持《も》った？』『もちろん！』『グッズは？』『持《も》った！』『じゃあ、駅《えき》でね！』『オッケー！』

リンからのLINE《ライン》の着信音《ちゃくしんおん》が、ずっと鳴《な》り続《つづ》けている。あれこれ心配《しんぱい》してきいてくるところは、まるでお母《かあ》さんみたいだ。

昨日《きのう》の夜《よる》から何度《なんど》、持《も》ち物《もの》チェックをしたかわからない。

ついに『モノトーンズ』のライブの日《ひ》がやってきた。インスタライブでのサプライズ発表《はっぴょう》から二か月《げつ》。季節《きせつ》はもう冬《ふゆ》に近《ちか》づいていた。

「こんな朝早《あさはや》くから行《い》って、遊園地《ゆうえんち》って開《あ》いてるの？」

どこかカンのいいお母《かあ》さんにたずねられ、心臓《しんぞう》がドクンと脈《みゃく》を打《う》つ。

「う、うん、開園前《かいえんまえ》からならんで、人気《にんき》のアトラクションに乗《の》るの。」

「その服装《ふくそう》、ちょっと派手《はで》なんじゃない？」

今日《きょう》は、チェックのスカートにブルーのデニムジャケットを着《き》て、〝ナオト〟コーディネートにしている。首《くび》にチェックのマフラーを巻《ま》いて。

「そんなことないよ。これくらいふつうだよ。」

「いい？　羽目《はめ》をはずしちゃダメよ。帰《かえ》る前《まえ》に、必《かなら》ず連絡《れんらく》しなさいね。」

「わかってるって。」

内心《ないしん》、ヒヤヒヤしながらも、どうにか切《き》り抜《ぬ》けて家《いえ》を出《で》る。

バッグには、チケット、この日《ひ》のために作《つく》ったうちわ、そして今《いま》まで貯《た》めていたお年玉《としだま》――。

「メイー！」

声《こえ》のするほうを見《み》ると、赤《あか》いスカートに黒地《くろじ》に白《しろ》の水玉模様《みずたまもよう》のシャツを着《き》たリンが手《て》をふっている。さすが、カズヤ推《お》し！

「いよいよだねっ。」

週末《しゅうまつ》の早朝《そうちょう》の電車《でんしゃ》はいつもより空《す》いていて、わたしとリンはならんですわる。

「もうさー、お母《かあ》さん説得《せっとく》するの大変《たいへん》だったんだけど。」

リンが、いかに母親《ははおや》から許可《きょか》をもらうのに苦労《くろう》したかを話《はな》し始《はじ》める。

「でも、超《ちょう》がんばった。メイは？」

「え？」

「メイは大丈夫《だいじょうぶ》だった？　お母《かあ》さん。」

胸《むね》がチクリと痛《いた》む。リンががんばって、ちゃんと親《おや》の許可《きょか》を得《え》て来《き》ているのに、自《じ》分《ぶん》はウソをついて来《き》たとは言《い》えない……。

「うん、まあ、なんとか大丈夫《だいじょうぶ》だったよ。」

「やっぱりねー。メイのお母《かあ》さん、やさしそうだったもんね。」

ぜんぜんそんなことない！　――お母《かあ》さんのことを考《かんが》えると、気持《きも》ちがしぼんでしまう。うしろめたい気持《きも》ちがあるせいでもある。

「とりあえず、おさらいね。はい。」

リンがイヤホンの片方《かたほう》を差《さ》し出《だ》す。耳《みみ》にセットすると、『モノトーンズ』の曲《きょく》が流《なが》れる。

いいタイミングでリンが話題《わだい》を変《か》えてくれて、『モノトーンズ』の声《こえ》を聴《き》いているうちに、再《ふたた》び気分《きぶん》も上《あ》がってきた。

ついに、これを生《なま》で聴《き》けるんだ!!

胸《むね》のドキドキが止《と》まらない。まだ、地元《じもと》の駅《えき》を出発《しゅっぱつ》したばかりなのに。こんなの、本人《ほんにん》たちを目《め》の前《まえ》にしたら、わたし、どうなっちゃうんだろう。

「すみません、高尾駅《たかおえき》に行《い》きたいんですけど、どの電車《でんしゃ》に乗《の》ればいいですか?」

リンがものおじせず駅員《えきいん》さんに声《こえ》をかけてくれたおかげで、迷《まよ》うことなく乗《の》り換《か》えもできた。

高尾《たかお》に近《ちか》づくと、トレッキングシューズに帽子《ぼうし》をかぶり、大《おお》きなリュックを背負《しょ》った登山客《とざんきゃく》らしき人《ひと》たちが増《ふ》え、電車《でんしゃ》も混《こ》んでくる。景色《けしき》も緑《みどり》が多《おお》くなる。

ずいぶん遠《とお》くまで来《き》た気分《きぶん》だけど、ここからさらに一時間半《じかんはん》――。

わたしとリンは、『モノトーンズ』の数曲《すうきょく》だけの持《も》ち歌《うた》を何度《なんど》も繰《く》り返《かえ》し聴《き》きながら、車窓《しゃそう》を流《なが》れる景色《けしき》を楽《たの》しんだ。

「やっと着《つ》いたー!!」

甲府駅《こうふえき》に到着《とうちゃく》すると、まずは駅《えき》を背景《はいけい》に記念写真《きねんしゃしん》。

「あたしたち、今《いま》、『モノトーンズ』の近《ちか》くにいるんだよ。」

「そうだね、同《おな》じ空気《くうき》をすってるんだね。」

思《おも》わず二人《ふたり》で深呼吸《しんこきゅう》をして、顔《かお》を見合《みあ》わせた。

「やだ、メイ。べつにここに『モノトーンズ』のメンバーが呼吸《こきゅう》した空気《くうき》が残《のこ》ってるわけでもないのに。」

「リンだって、いっしょうけんめいすいこんでたじゃん。」

そして二人《ふたり》で笑《わら》い合《あ》った。

秋《あき》のさわやかな風《かぜ》がほおをなでる。

ああ、なんて楽《たの》しいんだろう！

「ねえ、見《み》て！　新《あたら》しい投稿《とうこう》がアップされてるよ！」

わたしは、リンに『モノトーンズ』のインスタを見《み》せる。

「これって、この信玄像《しんげんぞう》じゃない!?」

『モノトーンズ』のメンバーが駅前《えきまえ》の武田信玄《たけだしんげん》の像《ぞう》の前《まえ》で撮《と》った写真《しゃしん》がアップされていて、『いよいよホールでのライブ!! 気合入《きあいはい》ってます!』のコメントが。

「ここに、カズヤもナオトもいたんだよお。」

リンに言《い》われて、わたしはあらためて地面《じめん》をふみしめる。わたし、ナオトが立《た》っていたのと同《おな》じ場所《ばしょ》に立《た》っている――。

「ねえ、あたしたちも『モノトーンズ』と同《おな》じポーズで写真撮《しゃしんと》ろうよ。」

「同《おな》じこと考《かんが》えてた!」

わたしとリンは、交代《こうたい》で写真《しゃしん》を撮《と》り合《あ》う。

「ナオト、ここにさわったんだ……。」

わたしは、ドキドキしながら、写真《しゃしん》でナオトが触《ふ》れていた場所《ばしょ》と同《おな》じところをさわる。

すると、同《おな》い年《どし》くらいの三人組《にんぐみ》の女《おんな》の子《こ》のグループに声《こえ》をかけられた。

「よかったら、撮《と》りましょうか?」

見《み》ると、縦《たて》ストライプや千鳥格子《ちどりごうし》、ボーダーの洋服《ようふく》を着《き》ている。

「もしかして、『カラーズ』ですか？」

リンがきくと、そのとおりだった。彼女《かのじょ》たちが着《き》ている洋服《ようふく》の柄《がら》から、ぐうぜんにも推《お》しのメンバーがバラバラで五人《にん》そろっていることがわかる。

「それなら、いっしょに五人《にん》で撮《と》りませんか？」

積極的《せっきょくてき》なリンは、すぐに通《とお》りすがりの若《わか》いお姉《ねえ》さんにお願《ねが》いして、五人《にん》でそれぞれの推《お》しと同《おな》じポーズをとりながら、『モノトーンズ』の投稿《とうこう》と同《おな》じ構図《こうず》で写真《しゃしん》を撮《と》った。

「ねえ、写真送《しゃしんおく》って！」

そう言《い》われ、リンは三人組《にんぐみ》の女《おんな》の子《こ》たちとSNS《エスエヌエス》のID《アイディー》を交換《こうかん》している。

「うちら中学生《ちゅうがくせい》だと、推《お》し活《かつ》も大変《たいへん》だよねー。お金《かね》もかかるし。」

三人《にん》の中《なか》の一人《ひとり》がつぶやく。

「あ、やっぱり中学生《ちゅうがくせい》なんですね。わかる～！　ほんと、それ。」

リンはすっかり三人《にん》とうちとけている。すごいな、リンは。

「これからもいろいろ情報交換《じょうほうこうかん》しながら、がんばって応援《おうえん》しようね！」

「またライブ会場《かいじょう》でね〜。」

そう言《い》って、三人組《にんぐみ》は去《さ》っていった。

あの子《こ》たちも、わざわざ甲府《こうふ》まで来《き》てるんだもんなあ。『モノトーンズ』をいっしょうけんめい応援《おうえん》する気持《きも》ちにはげまされる。

「じゃあ、メイ。開場時間《かいじょうじかん》まで遊《あそ》ぶよー！」

「うん!!」

それからわたしとリンは、計画《けいかく》どおり、『舞鶴城公園《まいづるじょうこうえん》』へ行《い》って甲府城跡《こうふじょうあと》を見《み》て、『甲州夢小路《こうしゅうゆめこうじ》』を歩《ある》いた。

「メイ、見《み》て！　この信玄餅《しんげんもち》パフェ、インスタ映《ば》えしそうじゃない？」

リンは、アップにしてみたり、全体《ぜんたい》を写《うつ》したり、いろんな角度《かくど》からパフェの写真《しゃしん》を撮《と》り続《つづ》けている。

「ねえ、早《はや》く食《た》べないと、アイスがとけ始《はじ》めてるって！」

「わあ、ヤバーい！」

リンは思《おも》い切《き》りパフェにかぶりつく。

「リン、口《くち》のまわりがきなこだらけだよ。」

「うそー！　これからカズヤに会《あ》うのに‼」

「いや、〝会《あ》う〟んじゃなくて、〝見《み》る〟でしょ。」

「あら、わかんないわよ。目《め》が合《あ》っちゃったりするかもしれないし！」

「わたし、ナオトと目《め》が合《あ》ったら失神《しっしん》しちゃうかも……。」

「とりあえず、一回《かい》、息止《いきと》まるよね。」

パフェ一つ食《た》べるのにも大《おお》さわぎだ。

「ねえ、こっちにはフルーツのピザがあるよ！　これ、テレビで見《み》た！」

わたしは、店頭《てんとう》に置《お》いてあるメニューの写真《しゃしん》を指《ゆび》さす。それは、いつだったかのグルメ番組《ばんぐみ》で紹介《しょうかい》されていた、具《ぐ》がフルーツというめずらしいピザだった。

テレビに出《で》ていたお店《みせ》があるというだけで、すごいところに来《き》たような気分《きぶん》になる。

「あそこのお店《みせ》もよさそうじゃない？」

今度《こんど》は、リンがちがうお店《みせ》を指《ゆび》さしながら言《い》った。

「ちょっとリン！　そこは、ワインのお店《みせ》だよ。」

「え、そうなの？　かわいいから雑貨屋《ざっかや》さんかと思《おも》っちゃった！」

そんなことを話《はな》しながら、二人《ふたり》のスマホのアルバムは、あっという間《ま》に甲府《こうふ》の景色《けしき》でうめつくされていった。

「ねえ、メイ。これ、めっちゃキレイ！」

リンが手《て》に取《と》ったのは、アクセサリーショップにずらりとならんだガラス細工《ざいく》だった。

「今日《きょう》の記念《きねん》に、何《なに》かおそろいで買《か》わない？」

「いいね！　どれもかわいくて、迷《まよ》っちゃう……。」

あれやこれやとお店《みせ》のすみずみまで見《み》て、おさいふと相談《そうだん》しながら、最終的《さいしゅうてき》におそろいのガラスの指輪《ゆびわ》を買《か》うことにした。

「もうこんなに時間《じかん》たってる！　そろそろ行《い》かなきゃ。」

気《き》づけば、開場《かいじょう》の時間《じかん》がせまっていた。街歩《まちある》きも楽《たの》しいけど、今日《きょう》の最大《さいだい》の目的《もくてき》はなんといっても『モノトーンズ』のライブ！

わたしたちは、そこからそう遠《とお》くないライブ会場《かいじょう》までダッシュで向《む》かった。

会場《かいじょう》のまわりには、出演《しゅつえん》するグループ別《べつ》にグッズを販売《はんばい》するテントがならび、それぞれのファンが待《ま》ち合《あ》わせをしていたり、グッズを買《か》う列《れつ》にならんだりしている。

わたしたちも『モノトーンズ』のグッズ売《う》り場《ば》に行《い》って、グッズリストとにらめっこをする。

「えーん、全種類《ぜんしゅるい》買《か》いたいけど、そんなのムリ～！」

リンがなげく。

「そうだね……。とっておきを選《えら》ぼう。」

そう言《い》って、わたしはバンダナとステッカーを、リンは同《おな》じくステッカーとキーホルダーをそれぞれ買《か》った。

ほんとうは、T《ティー》シャツとかエコバッグとかも買《か》いたかったけど、値段《ねだん》が高《たか》めで予算《よさん》オーバーだった。

となりで、高校生《こうこうせい》くらいの年上《としうえ》のお姉《ねえ》さんが買《か》っているのを見《み》て、うらやましい気《き》持《も》ちでいっぱいになった。

「ああ、早《はや》く高校生《こうこうせい》になって、バイトして、ほしいもの自由《じゆう》に買《か》いたいよお！」

リンが不満《ふまん》そうに言《い》って、まわりのファンたちを見《み》わたす。

「あ……。」

リンの視線《しせん》の先《さき》を見《み》ると、さっきいっしょに写真《しゃしん》を撮《と》った三人組《にんぐみ》の女《おんな》の子《こ》たちがいた。おそろいでグッズのT《ティー》シャツを手《て》にしている。おそろいのエコバッグにも、何《なに》やらいろいろ入《はい》っているようだった。

あの子《こ》たちは、買《か》えたんだ……。

それにしても、『カラーズ』のファンネームのとおり、会場《かいじょう》にいるファンの子《こ》たちはカラフルな洋服《ようふく》でコーディネートしているからとってもはなやかだ。

それぞれ、思《おも》い思《おも》いの応援《おうえん》グッズを手《て》にしている。推《お》しの好《す》きな色《いろ》のペンライトを持《も》っていたり、『指《ゆび》さして！』『笑顔《えがお》ちょうだい！』『撃《う》って！』などと書《か》かれたファンサうちわ（ファンサービスをもらうためのうちわ）を手《て》にしていたり……。

その中《なか》に、推《お》しの名前《なまえ》をネオンコードで光《ひか》らせたプレートを持《も》っているファンがいて、ひときわまわりの目《め》を引《ひ》いていた。

「あの人《ひと》の、すごいね……。」

リンは感心《かんしん》したように言《い》う。

「あそこまではできなかったけど……わたしも、これ、作《つく》ってきた。」

わたしは、バッグから二枚《まい》のうちわを取《と》り出《だ》す。

「うわ！　メイのもすごいわ。」

真《ま》ん中《なか》に『ナオト』と蛍光色《けいこうしょく》の文字《もじ》をはり、まわりにいろんな色《いろ》のリボンを一本一本《いっぽんいっぽん》はって、チェック柄《がら》を作《つく》った。うちわのふちにはレースのリボンもつけた。

裏《うら》は『ありがとう！』の文字《もじ》にした。ナオトは、いつもわたしに元気《げんき》とワクワクとドキドキをくれるから。

「はい、こっちはカズヤのうちわ。」

リンのために、カズヤのうちわも作《つく》った。

『カズヤ大好《だいす》き！』の文字《もじ》とたくさんのハートマーク。

「うわあ、ありがとう！　メイって、ほんと器用《きよう》なんだね！　でも、大変《たいへん》だったでしょ？」

「ううん、ぜんぜん。すっごく楽《たの》しかった！」

さすがに手芸部《しゅげいぶ》の部活動《ぶかつどう》では作《つく》れないから、家《いえ》で自分《じぶん》の部屋《へや》にこもってせっせと作《つく》っていたのだけど。

「一気《いっき》に気分《きぶん》がもり上《あ》がってきた！」

「よかった。じゃあ、そろそろ会場《かいじょう》に入《はい》ろっか！」

ホールに入《はい》ると、少《すこ》しひんやりした空気《くうき》がわたしたちをむかえる。そして、スモークがかかったステージと、おなかにひびくような重低音《じゅうていおん》のきいたBGM《ビージーエム》が、わたしたちの目《め》と耳《みみ》を刺激《しげき》する。

トップバッターは『モノトーンズ』。あと数分《すうふん》もすれば、あのステージにナオトが立《た》つんだ……。

忘《わす》れていたけど、今日《きょう》は『モノトーンズ』にとって初《はじ》めてのホールでのライブであると同時《どうじ》に、わたしにとっても初《はじ》めてのライブ！

今《いま》までわたしが生《なま》で見《み》たのは、『モノトーンズ』を知《し》るきっかけとなった、あのショッピングモールでのステージだけ——。

「いよいよだね……。」

わたしたちは、高鳴《たかな》る鼓動《こどう》とともに、チケットを見《み》ながら座席《ざせき》に向《む》かう。

席《せき》は、先行販売《せんこうはんばい》で買《か》えたこともあって、一階席《かいせき》のちょうど真《ま》ん中《なか》あたり。ステージからは少《すこ》し遠《とお》いけど、全体《ぜんたい》を正面《しょうめん》から見《み》ることができる、なかなかいい席《せき》だ。

「どれくらいの大《おお》きさで見《み》えるのかなー、ナオト。」

「うーん、ここからだと、手《て》のひらサイズかなあ。あ、あたし、オペラグラス持《も》ってきたよ！　これで、カズヤのひたいに浮《う》かぶあせまで見《み》のがさないんだから。」

「さすが、リン！」

わたしたちは興奮《こうふん》をおさえきれず、しゃべり続《つづ》ける。

「今《いま》、あたしたち、『モノトーンズ』と同《おな》じ建物《たてもの》の中《なか》にいるんだよ。」

リンの言葉《ことば》に、わたしは大《おお》きく息《いき》をすいこんだ。

BGM《ビージーエム》のボリュームがだんだん大《おお》きくなってくる。それとともに、会場内《かいじょうない》の手拍子《てびょうし》と歓声《かんせい》も大《おお》きくなっていく。

全身《ぜんしん》の血管《けっかん》がドクドクと脈打《みゃくう》って、鳥肌《とりはだ》が立《た》つ。

ついに、ついに――。

会場内《かいじょうない》のライトが落《お》ちると、暗闇《くらやみ》の中《なか》で観客《かんきゃく》の期待《きたい》と興奮《こうふん》が一気《いっき》に高《たか》まり、ひときわ歓声《かんせい》が大《おお》きくなる。

わたしたちも、つい「キャー!!」という声《こえ》をあげる。

すると、ステージだけが明《あか》るく照《て》らされ、スモークにスポットライトの光《ひかり》の柱《はしら》が浮《う》かび上《あ》がった。

いつ彼《かれ》らが登場《とうじょう》するのか、まばたきもせずステージを見《み》つめる。

いよいよ、『モノトーンズ』のライブが始《はじ》まる!!

6 祭《まつ》りのあと

『モノトーンズ』がステージに登場《とうじょう》したとたん、『キャー!!』という悲鳴《ひめい》のような歓《かん》声《せい》があがった。

それに負《ま》けない大音量《だいおんりょう》の音楽《おんがく》に、わたしの全身《ぜんしん》が包《つつ》まれる。彼《かれ》らの声《こえ》が、直接《ちょくせつ》、わたしの鼓膜《こまく》をふるわせる。

そして、目《め》の前《まえ》には『モノトーンズ』がいる。少《すこ》しはなれてはいるけど、でもたしかに同《おな》じ空間《くうかん》にいる。

なに、この幸《しあわ》せな時間《じかん》――。

わたしは、胸《むね》の前《まえ》でうちわをにぎりしめる。

『モノトーンズ』の五人《にん》は、まるで機械《きかい》みたいに動《うご》きのそろったダンスを見《み》せたかと思《おも》うと、曲《きょく》に合《あ》わせてフォーメーションを変《か》えながらキレッキレのふりつけをひろうする。

メンバーのだれかが手《て》をふるだけで、「キャー!!」と客席《きゃくせき》がわき、ペンライトがはげしくゆれる。マイクを向《む》けられようものなら、大合唱《だいがっしょう》だ。

「カッコいい……。」

うっとりとステージを見《み》つめていると、

「メイ、きたよ！」

リンに声《こえ》をかけられる。イントロを聴《き》いてピンときた。リンと何度《なんど》もふりつけを練《れん》習《しゅう》した曲《きょく》だ。

すると、会場《かいじょう》の一部《いちぶ》が同《おな》じ動《うご》きをしていることに気《き》づいた。どうやら、このあたりの席《せき》は『モノトーンズ』のファンエリアらしい。すごい、この一体感《いったいかん》！

わたしは、ダンスに対《たい》する苦手意識《にがていしき》もはずかしさもどこかへいってしまい、ただただ楽《たの》しくて思《おも》い切《き》り手《て》を動《うご》かした。

「ナオトーッ!!」

聞《き》こえるわけないと思《おも》いつつも、さけばずにはいられない。

「ありがとうー!!」

こんな幸《しあわ》せな時間《じかん》をありがとう！　ステキな体験《たいけん》をありがとう!!　最高《さいこう》のステージをありがとう!!!

それからは、ひたすら飛《と》びはね、声《こえ》をあげ、踊《おど》った。

「『モノトーンズ』でした！　ありがとうございましたー!!」

数曲《すうきょく》のパフォーマンスを終《お》えると、『モノトーンズ』は手《て》をふりながらステージからはけていく。

「ナオトー!!」

「カズヤー!!」

わたしとリンは、それぞれの推《お》しの名前《なまえ》をさけびながら、いつまでも手《て》をふり続《つづ》けた。

「最高《さいこう》だったね！　ほんと、来《き》てよかった!!」

興奮《こうふん》冷《さ》めやらないわたしは、リンに抱《だ》きつく。

「ちょ、ちょっとメイ。あんたって推《お》し活《かつ》になると人《ひと》が変《か》わるんだね。」

なだめるようにわたしの背中《せなか》をポンポンとたたきながら、リンがおどろいたように言《い》う。

すると、ひときわ大《おお》きな歓声《かんせい》があがった。もう一つのグループのライブが始《はじ》まったのだ。

「すごいねえ。」

わたしが感心《かんしん》していると、

「『モノトーンズ』も、早《はや》くこれくらい人気《にんき》になるといいね！」

とリン。

わたしたちは、その日《ひ》のために、さらに彼《かれ》らを推《お》していこうと誓《ちか》った。

「メイ、帰《かえ》りに『モノトーンズ』が行《い》ったほうとう屋《や》さんに行《い》かない？」

ライブが終《お》わると、リンが提案《ていあん》する。

「うん！　行《い》く、行《い》く！」

まだまだライブの余韻《よいん》にひたったていたい。リンといっしょに『モノトーンズ』にひたっていたい。

そんな気分《きぶん》で、リンといっしょに、『モノトーンズ』が行《い》ったというほうとう屋《や》さんに行《い》った。

ゆうべ、『モノトーンズ』が投稿《とうこう》したインスタの写真《しゃしん》を見《み》たファンが、わずかに写《うつ》っている背景《はいけい》などから、お店《みせ》を特定《とくてい》していたのだ。

ファンの熱意《ねつい》って、探偵《たんてい》にもなれるくらいのものがあるからすごい。

「彼《かれ》らは、これを食《た》べたんだねえ。」

リンは、ほうとうの写真《しゃしん》を何枚《なんまい》も撮《と》っている。

「そう思《おも》うと、百倍《ばい》おいしい気《き》がする。」

「はい、メイ、こっち向《む》いて。」

リンがスマホをこちらに向《む》けて、わたしのほうへ体《からだ》をよせる。

「ちょっと、リン、また自撮《じど》り？」

「いいの、いいの。今日《きょう》は、すべての瞬間《しゅんかん》がシャッターチャンスなんだから。」

そう言《い》って、撮影《さつえい》ボタンを押《お》した。

はじめは、はずかしくて小《ちい》さくほほ笑《え》むだけだったわたしも、もうすっかりなれて、今《いま》ではリンに合《あ》わせて目元《めもと》でピースサインをしたり、いろんなポーズをとったりするようになっていた。

「共有《きょうゆう》アルバム作《つく》るね。メイも撮《と》った写真《しゃしん》、そこにアップしてね。」

わたしとリンのLINE《ライン》には、『モノトーンズ初《はつ》ライブ記念《きねん》 in《イン》 甲府《こうふ》』という名《な》のアルバムができた。

「メイ、あたし、今日《きょう》めちゃくちゃ楽《たの》しかった。」

それまでずっとテンションの高《たか》かったリンが、アルバムをながめながら急《きゅう》にしみじみと言《い》った。

「それはわたしもだけど……どうしたの、急《きゅう》にそんなにしんみりしちゃって。」

「だってさ……。うち、両親《りょうしん》が離婚《りこん》してるじゃん？ だから、毎日《まいにち》、学校《がっこう》行《い》って、部《ぶ》活《かつ》して、家《いえ》に帰《かえ》って家事《かじ》をして……の繰《く》り返《かえ》し。ダンス部《ぶ》は楽《たの》しいけど、こんなに丸々一日《まるまるいちにち》、思《おも》いっ切《き》り楽《たの》しんで、心《こころ》から笑《わら》ったり、話《はな》せたりしたの、初《はじ》めてなんだ。」

リン――。そうだったんだ……。ふだんから家《いえ》のお手伝《てつだ》い、がんばっているんだな。ご両親《りょうしん》が離婚《りこん》したことは聞《き》いていたけれど、そんな気持《きも》ちだったなんて。学校《がっこう》では友《とも》だちも多《おお》くて、毎日《まいにち》をエンジョイしているように見《み》えていたから、思《おも》いもよらなかった。

「わたしも、すっごく楽《たの》しかった。リンがいなかったら、一人《ひとり》じゃ絶対来《ぜったいこ》られなかったと思《おも》うし、行《い》こうとも思《おも》わなかった。リンといっしょに、いろんな初《はじ》めてのことを体験《たいけん》できた。ありがとう。」

リンにつられて、わたしもしみじみしてくる。でも、ほんとうの気持《きも》ち。

すると、リンが続《つづ》けて言《い》った。

「あたしね、楽《たの》しそうなメイを見《み》るのもうれしかったな。『メイって、こんなに笑《わら》うんだ。』とか、『あんな大《おお》きな声《こえ》を出《だ》せるんだ。』とか、いつもとちがうメイをたくさん見《み》られた。」

「たしかに……。こんなわたしもいたんだって、自分《じぶん》でもびっくりしてる。」

リンが言《い》うように、わたしは新《あたら》しい自分《じぶん》の姿《すがた》を発見《はっけん》したような気分《きぶん》だ。

「学校《がっこう》でも、今日《きょう》みたいにしてればいいのに。」

「ムリ、ムリ、ムリ、ムリ！」

わたしはあわてて否定《ひてい》する。リンの前《まえ》だからリラックスしていられるけど、みんなの前《まえ》でなんて絶対《ぜったい》にムリ！

「なんでよ……。今《いま》のメイのほうが自然《しぜん》なのに……。」

リンは、納得《なっとく》がいかないといった顔《かお》で、再《ふたた》びほうとうを口《くち》に運《はこ》んだ。

心《こころ》もおなかも満足《まんぞく》したわたしたちは、帰宅《きたく》するため甲府駅《こうふえき》に向《む》かう。

楽《たの》しい時間《じかん》はあっという間《ま》で、お祭《まつ》りが終《お》わったあとのような、なんとも言《い》えないさみしさが胸《むね》に押《お》しよせてくる。それと――。

「あ、お母《かあ》さんに連絡《れんらく》しなきゃ。」

となりで、リンがお母《かあ》さんにLINE《ライン》でメッセージを送《おく》っている。

「メイは、家《いえ》に連絡《れんらく》しなくていいの？」

「あ、うん……。」

一気《いっき》に気持《きも》ちが重《おも》くなる。わたしは遊園地《ゆうえんち》に行《い》っていることになっているから、今《いま》、連絡《れんらく》するのはまだ早《はや》い。

「わたし、高尾《たかお》から連絡《れんらく》する。」

まだ夕方《ゆうがた》の六時《じ》過《す》ぎだけど、甲府《こうふ》を出発《しゅっぱつ》すると、町《まち》の灯《あか》りもまばらで真《ま》っ暗《くら》だ。それが、わたしの心《こころ》をよけいに不安《ふあん》にさせる。

ここに来《く》るまでは楽《たの》しみしかなかったけど、一気《いっき》に現実《げんじつ》に引《ひ》きもどされてしまった気分《きぶん》。

それでも、リンに差《さ》し出《だ》されたイヤホンを片耳《かたみみ》にさして、いっしょに『モノトーンズ』を聴《き》いているうちに、いつしかウトウトと眠《ねむ》りに落《お》ちていった。

ふいに、スマホがふるえて目《め》を覚《さ》ます。お母《かあ》さんからの着信《ちゃくしん》だった。

今《いま》、ここで電話《でんわ》に出《で》るわけにいかない。わたしは、着信《ちゃくしん》が終《お》わるのを待《ま》つ。

「高尾《たかお》まで待《ま》って、お母《かあ》さん。」

それでも、何度《なんど》も何度《なんど》もかかってくる。リンに気《き》づかれまいと、わたしは思《おも》わずスマホの電源《でんげん》を切《き》った。

「ごめん、お母《かあ》さん。」

そのあとは、なぜ出《で》なかったのかと責《せ》められる気《き》がして、お母《かあ》さんに電話《でんわ》をかけるのがこわくなってしまった。


夜《よる》の九時《じ》過《す》ぎ――。深呼吸《しんこきゅう》をしてから、家《いえ》のドアを開《あ》ける。

「ただいま。」

すると、お母《かあ》さんがものすごいいきおいで玄関《げんかん》に出《で》てきた。

「どこに行《い》ってたの？　どうして電話《でんわ》に出《で》ないの？」

「ごめん、スマホの充電《じゅうでん》が切《き》れちゃって……。」

とっさにウソを重《かさ》ねてしまう。ああ……もうほんとうにごめんなさい。

「メイ、甲府《こうふ》に行《い》ってたって、どういうこと？」

お母《かあ》さんのその言葉《ことば》に、全身《ぜんしん》がかたまる。ど、どうしてそれを……？

「甲府駅《こうふえき》の落《お》とし物係《ものがかり》から電話《でんわ》があったわよ。メイの生徒手帳《せいとてちょう》を拾《ひろ》ったって。」

わたしは、あわててバッグの中《なか》を調《しら》べる。――ない！

落《お》とし物《もの》でバレるなんて……！　わたしのバカ!!

「どういうことか、説明《せつめい》してちょうだい。」

「それは……。」

生徒手帳《せいとてちょう》という決定的《けっていてき》な証拠《しょうこ》とお母《かあ》さんの剣幕《けんまく》に、わたしは言《い》い訳《わけ》をすることもできず、罪悪感《ざいあくかん》の波《なみ》にのまれて涙《なみだ》を流《なが》すほかなかった。

「泣《な》いてないで、ちゃんと話《はな》しなさい。お母《かあ》さんに、ウソをついてたってこと？」

「ごめんなさい……。」

「どうして、そういうことするの？　いつから、そんな悪《わる》い子《こ》になっちゃったの？

お母《かあ》さん、悲《かな》しい。」

そのまま、お母《かあ》さんは両手《りょうて》で顔《かお》をおおって、しゃがみこんでしまった。

どうしよう、お母《かあ》さんをこんなに落《お》ちこませてしまった……。

「メイに裏切《うらぎ》られた気分《きぶん》よ。お母《かあ》さんの気持《きも》ちわかる？　毎日《まいにち》、メイのためにごはん作《つく》って、おそうじもして、洗濯《せんたく》して、朝《あさ》も起《お》こして、いろいろやってるのに、その見返《みかえ》りがこれ？　お母《かあ》さん、なんのためにメイに尽《つ》くしてるのかわからない。」

心《こころ》が、どんどん追《お》いつめられていく。

お母《かあ》さんが言《い》っていることは正《ただ》しい。お母《かあ》さんはわたしのためにいろんなことをしてくれている。

「お母《かあ》さん、頭《あたま》が痛《いた》くなってきた。」

そう言《い》って、ヨロヨロと立《た》ち上《あ》がると、お母《かあ》さんはダイニングのほうへ行《い》ってしまった。

それほどのショックを受《う》けさせてしまうなんて、わたしって……。

ほんとに悪《わる》い子《こ》なんだ……。

あんなに楽《たの》しかった『モノトーンズ』のライブの思《おも》い出《で》が、一気《いっき》にふきとんでしまった。あれは夢《ゆめ》だったんじゃないかと思《おも》うほど、気分《きぶん》はしずみこんでいる。

スマホの電源《でんげん》を入《い》れると、まり姉《ねえ》から何通《なんつう》もLINE《ライン》のメッセージが来《き》ていた。

『メイ、甲府《こうふ》にいるの⁉』『メイのお母《かあ》さんから電話《でんわ》がかかってきて、ものすごく心配《しんぱい》してたよ。電話《でんわ》も通《つう》じないって』『今《いま》、どこ?』『おーい』

お母《かあ》さん、まり姉《ねえ》のところにも電話《でんわ》したんだ……。

『なんで、親《おや》にだまって行《い》っちゃったの? せめて、わたしに言《い》っておいてくれればよかったのに～。うちのお母《かあ》さんまで大《おお》さわぎになってるよ！　とりあえず、うちのお母《かあ》さんのことは、こっちでなんとかするから』

まり姉《ねえ》……。そうか、まり姉《ねえ》に相談《そうだん》すればよかった。

結局《けっきょく》、まり姉《ねえ》の家族《かぞく》までまきこんでしまった。

なんとも後味《あとあじ》の悪《わる》い気持《きも》ちで、わたしは静《しず》かにお風呂《ふろ》に入《はい》って、そのままそっと眠《ねむ》りについた。

翌朝《よくあさ》、お母《かあ》さんはわたしを起《お》こしに来《こ》なかった。

わたしも昨日《きのう》はあんまり眠《ねむ》れなかったから、自分《じぶん》で起《お》きられたけれど、ダイニングに行《い》ってもお母《かあ》さんは口《くち》もきいてくれないどころか、目《め》すら合《あ》わせてくれない。

家《いえ》にも気《き》まずい空気《くうき》が流《なが》れる。どうしよう……。

今日《きょう》は園芸委員《えんげいいいん》の水《みず》やり当番《とうばん》。リンに会《あ》える！　また昨日《きのう》の話《はなし》をして、気持《きも》ちを上《あ》げようっと。

「リン、おはよう！　昨日《きのう》は楽《たの》しかったね！」
わたしは昨日《きのう》の興奮《こうふん》を思《おも》い出《だ》すように話《はな》しかけたのに、リンの顔《かお》はこわばってい
て、どういうわけか話《はなし》をしてくれない。
あれ？　なんか様子《ようす》がヘン……。
「リン、どうしたの？」
そうたずねたわたしに、リンはキッと顔《かお》を向《む》けて言《い》った。
「メイのせいで、あたしまで怒《おこ》られたんだけど！」
え……どういうこと……？
「昨日《きのう》の夜《よる》、メイと別《わか》れたあと、あたしのスマホにメイのお母《かあ》さんから電話《でんわ》がかかっ
てきて、『うちのメイをどこへ連《つ》れていったんだ。』って。そのやり取《と》りを聞《き》いてたう
ちのお母《かあ》さんにも、『友《とも》だちをむりやりつき合《あ》わせたんじゃないか。』ってめちゃく
ちゃ怒《おこ》られて。」
まさか、お母《かあ》さんがリンに電話《でんわ》していたなんて……！　でも、どうして電話番号《でんわばんごう》を
知《し》っているの？　……ということは、お母《かあ》さんは、すでにライブに行《い》ったことも知《し》っ

てるってこと⁉

「ご、ごめん。」

まさかリンまでまきこんでしまうなんて、わたしってつくづくダメなヤツだ。

そう思《おも》ったら、悲《かな》しくなって思《おも》わず涙《なみだ》がほおを伝《つた》う。

「泣《な》きたいのはこっちよ‼」

リンはくやしそうに言《い》う。

「メイ、親《おや》に許可《きょか》とってきたって言《い》ってたじゃん。親《おや》にウソついて、あたしにまでウソついて！」

そうだ、わたし、リンにまでウソついたんだ――。

今《いま》さらながら、自分《じぶん》がしたことで大好《だいす》きな友《とも》だちを悲《かな》しませてしまったと気《き》づいて、ますます何《なに》も言《い》えなくなる。ただただ涙《なみだ》があふれて止《と》まらない。

「結局《けっきょく》メイは、泣《な》けばゆるしてもらえると思《おも》って、自分《じぶん》からは何《なに》もしないのよ。」

そう言《い》って、リンは立《た》ち去《さ》ってしまった。

リン――。ほんとうにごめん。すごく怒《おこ》っているよね。そりゃ、そうだよね。

わたし、大事《だいじ》な友《とも》だちを失《うしな》ってしまった。なんてバカなんだろう。たった一人《ひとり》の友《とも》だちだったのに。

初《はじ》めてのライブ。せっかくの楽《たの》しい思《おも》い出《で》だったのに。

自分《じぶん》で全部《ぜんぶ》だいなしにしてしまった。

わたしは、一人《ひとり》で水《みず》やりをしてトボトボと教室《きょうしつ》にもどる。

「今日《きょう》は、なんだか元気《げんき》がありませんね。」

エミ子《こ》が、メガネをクイッと上《あ》げながら顔《かお》をのぞきこんでくる。

「そ、そうかな。」

わたしは、いつもどおりをよそおいながら、無理矢理笑顔《むりやりえがお》をつくる。

すると、今度《こんど》はエミ子《こ》のとなりにいた夏美《なつみ》が言《い》う。

「メイは最近《さいきん》、明《あか》るくなったなーって思《おも》ってたのに。何《なに》かあった？」

わたしが、明《あか》るく……？　そんなこと、初《はじ》めて言《い》われた。

たしかに、最近《さいきん》はリンとずっとライブに行《い》く計画《けいかく》を立《た》てていたから、ウキウキしていた。毎日《まいにち》が楽《たの》しかった。

やっぱり、口《くち》に出《だ》さなくても、気持《きも》ちって顔《かお》に表《あらわ》れるのかな。

「ううん、特《とく》に何《なに》もないけど……ちょっと、体調悪《たいちょうわる》いのかな？」

「そんなときは、『テイルズ・オブ・プリンス』第《だい》二巻《かん》のラストシーンを読《よ》むと、元《げん》気《き》になりますよ。」

エミ子《こ》が真顔《まがお》で言《い》う。

「あ！　それって、プリンス・ジョーが『あなたのことは、このわたくしがお守《まも》りします！』って言《い》うシーンでしょ。」

「正解《せいかい》です、さすが夏美《なつみ》さん。あそこで心拍数《しんぱくすう》が上《あ》がって、生《い》きる活力《かつりょく》がみなぎってくるのです。」

「たしかに、あのシーンは心拍数《しんぱくすう》上《あ》がるよねー!!」

それから、夏美《なつみ》とエミ子《こ》はひとしきり『テイルズ・オブ・プリンス』の話題《わだい》でもり上《あ》がる。

楽《たの》しそうな夏美《なつみ》とエミ子《こ》を見《み》ながら、わたしもリンとこんなふうにもり上《あ》がっていたんだよなあ……って、また胸《むね》が痛《いた》くなる。

「そろそろ、音楽室《おんがくしつ》に行《い》かないと。」

夏美《なつみ》とエミ子《こ》が移動《いどう》するのを見《み》て、わたしもあわててついていく。

話《はなし》には入《はい》れなくても、いっしょに行動《こうどう》する人《ひと》がいるだけマシ。さみしいけど、リンと仲良《なかよ》くなる前《まえ》はこうだったんだよね。

そう、これまでどおりにもどっただけ――。

「マジで？　超《ちょう》ウケるんだけど。」

リンの笑《わら》い声《ごえ》が教室《きょうしつ》にひびく。

リンのことが気《き》になって、どうしても目《め》で追《お》ってしまう。そんなわたしの視線《しせん》にリンも気《き》づいているはずだけれど、この日《ひ》、リンと目《め》が合《あ》うことは一度《いちど》もなかった。

7 涙《なみだ》の正体《しょうたい》

「ただいま。」

重《おも》たい気持《きも》ちで家《いえ》に帰《かえ》る。

キッチンから水《みず》を流《なが》す音《おと》が聞《き》こえるから、お母《かあ》さんはたしかにそこにいるはずなのに、「おかえり。」の言葉《ことば》はなかった。

聞《き》こえなかったのかな……。それとも、まだ怒《おこ》っている……？

このまま自分《じぶん》の部屋《へや》へと行《い》ってしまいたいけど、一応《いちおう》、顔《かお》を見《み》せておいたほうがいいかもしれない。

「ただいま。」

そっとダイニングの扉《とびら》を開《ひら》き、顔《かお》だけをのぞかせる。

「……おかえり。」

お母《かあ》さんは、わたしのほうは見《み》ずに、洗《あら》い物《もの》をする手《て》を止《と》めることなく小《ちい》さく言《い》った。

めちゃくちゃきげん悪《わる》そう！

わたしは扉《とびら》を閉《し》めると、二階《かい》の自分《じぶん》の部屋《へや》へと向《む》かった。はあ……、階段《かいだん》を上《あ》がるのもしんどい。

部屋《へや》に入《はい》ってカバンを床《ゆか》に落《お》とすと、そのままベッドに正面《しょうめん》から倒《たお》れこむ。

なんだか、つかれた……。

すると、スマホの通知音《つうちおん》がピコンと鳴《な》った。

「あっ、『モノトーンズ』の新《あたら》しい投稿《とうこう》！　リンと共有《きょうゆう》しなくちゃ。」

わたしは、LINE《ライン》のリンとのトーク画面《がめん》を開《ひら》いて手《て》を止《と》める。

毎日《まいにち》のようにしていたやり取《と》りは、昨日《きのう》、ほうとうをほおばるおたがいの写真《しゃしん》を送《おく》り合《あ》ったあと止《と》まってしまっている。

わたしが何度《なんど》も送《おく》った謝罪《しゃざい》のメッセージは、既読《きどく》にならないままだ。

そうだ……。今《いま》、連絡《れんらく》したところで、リンはわたしのことを怒《おこ》っているし、気《き》まずい。

リンと、うれしさを共有《きょうゆう》できないさみしさをあらためてかみしめる。でも、少《すこ》し前《まえ》までは、こうやって一人《ひとり》でひっそり楽《たの》しんでいたじゃない。

たしかに、前《まえ》の生活《せいかつ》にもどっただけなのに、リンといっしょに推《お》し活《かつ》をする楽《たの》しさを知《し》った今《いま》は、まるで心《こころ》にぽっかりと空《あ》いた穴《あな》に、冷《つめ》たい風《かぜ》がヒューヒューと音《おと》をたてて通《とお》りぬけていくようなむなしさを感《かん》じる。

『モノトーンズ』が投稿《とうこう》したのは、昨日《きのう》の甲府《こうふ》でのライブの写真《しゃしん》だった。

「楽《たの》しかったな……。」

あれは夢《ゆめ》ではなく、現実《げんじつ》だったのだと確《たし》かめるように、わたしはわざと声《こえ》に出《だ》してつぶやいた。

早《はや》くもいくつかのコメントが投稿《とうこう》されていて、わたしはなつかしい気持《きも》ちとともに読《よ》み始《はじ》める。

みんなが、『モノトーンズ』の初《はつ》のホールでのライブをよろこんでいて、楽《たの》しんでいたことが興奮《こうふん》とともに伝《つた》わってくる。

その中《なか》に、知《し》っているアカウントからのコメントがあった。

『サイコーでした！　絶対《ぜったい》に行《い》くから、次《つぎ》のライブ待《ま》ってます!!』

リン……。また、いっしょに行《い》けるのかな。

わたしは、スマホの写真《しゃしん》アルバムを開《ひら》く。二人《ふたり》で自撮《じど》りした写真《しゃしん》がズラリとならんでいる。どれも笑《わら》っていて、楽《たの》しそう。

画面《がめん》をスクロールする右手《みぎて》の薬指《くすりゆび》には、リンとおそろいのガラスの指輪《ゆびわ》が光《ひか》っている。

『結局《けっきょく》メイは、泣《な》けばゆるしてもらえると思《おも》って、自分《じぶん》からは何《なに》もしないのよ。』

リンの言葉《ことば》が胸《むね》によみがえってくる。

「やっぱり、私《わたし》ってダメだ――。」

涙《なみだ》があふれてくる。

わたし、自分《じぶん》の気持《きも》ちをだれにもちゃんと話《はな》せない。家族《かぞく》であるお母《かあ》さんにも、友《とも》だちであるリンにも……。

なんで？　どうして何《なに》か言《い》おうとすると、先《さき》に涙《なみだ》が出《で》てきちゃうの？

すると、LINE《ライン》メッセージの着信音《ちゃくしんおん》が鳴《な》る。

「リン!?」

期待《きたい》を込《こ》めて画面《がめん》を見《み》ると、それはまり姉《ねえ》からだった。

『その後《ご》、どうなった？　大丈夫《だいじょうぶ》？』

まり姉《ねえ》……。

そうだ、まだ、ちゃんとまり姉《ねえ》と話《はな》していないし、あやまらなきゃな……。

わたしは、まり姉《ねえ》に電話《でんわ》をかけた。

「もしもし、まり姉《ねえ》？」

「あら、泣《な》いてるの？」

わたしの鼻《はな》がつまった声《こえ》で、まり姉《ねえ》が気《き》づく。

「泣《な》きたいわけじゃないのに、なんで泣《な》いちゃうんだろう。」

「それはこっちがききたいくらいよ。よくそれだけ涙《なみだ》が出《で》るもんだなーって、逆《ぎゃく》に感《かん》心《しん》してる。」

まり姉《ねえ》は、じょうだんぽく言《い》った。

「わたし、真剣《しんけん》になやんでるんだけど。」

「ごめん、ごめん、わかってるって。その様子《ようす》だと、メイもおばさんも大丈夫《だいじょうぶ》じゃないみたいだね。」

そして、わたしが泣《な》いている理由《りゆう》をたずねた。

わたしはまず、これまでのいきさつを説明《せつめい》した。推《お》しのグループができたこと、推《お》し友《とも》ができたこと、それが同《おな》じ園芸委員《えんげいいいん》のリンであること——。

「そうなんだ。でも、なんかリンちゃんてメイとは正反対《せいはんたい》というか、合《あ》わなそうなタイプだけど……。仲良《なかよ》くなれたんだね。」

そういえば、まり姉《ねえ》もダンス部《ぶ》だから、リンのことを知《し》っているんだ。

「わたしもリンとは合《あ》わないと思《おも》ってた。でもね、そうじゃなかったの。園芸委員《えんげいいいん》になって、リンといろいろ話《はな》すようになって、楽《たの》しくて、大好《だいす》きになって……。話《はな》す前《まえ》から、苦手《にがて》って決《き》めつけちゃダメだなって思《おも》ったの。でもね……。」

親《おや》に内緒《ないしょ》で、リンといっしょに推《お》しのグループのライブに行《い》ったことがバレてしまって、リンまで怒《おこ》られてしまったことを話《はな》した。

「それでか……。」

まり姉《ねえ》が納得《なっとく》したように言《い》った。

「何《なに》が？」

「おばさんにきかれたのよ、リンちゃんの連絡先《れんらくさき》。」

え――。

「そういうことだったんだ……。」

今度《こんど》は、わたしが納得《なっとく》した声《こえ》をあげた。

「どうしてお母《かあ》さんが、リンの連絡先知《れんらくさきし》ってたのかなって思《おも》ってたの。わたし、教《おし》えてないのに。」

「ごめん、おばさんがすごい剣幕《けんまく》だったから、つい……。」

「ううん、しょうがないよ。わたし、結局《けっきょく》、リンにもウソをついて、リンのこと怒《おこ》らせちゃったの。それに、まり姉《ねえ》やまり姉《ねえ》のお母《かあ》さんにまで迷惑《めいわく》かけて……ほんとうにごめん。」

「うちはまあ、大丈夫《だいじょうぶ》だけど……。それで、リンちゃんは？」

まり姉《ねえ》は、先《さき》をうながす。

「もちろん、すっごく怒《おこ》ってて……。わたし、ちゃんとリンに自分《じぶん》の気持《きも》ちを話《はな》したいのに、言葉《ことば》が出《で》てこないの。話《はな》そうとすると、先《さき》に涙《なみだ》が出《で》てきちゃうの。」

わたしは、すがるように話《はな》す。すぐに泣《な》いてしまう理由《りゆう》が知《し》りたい。そして、こんな自分《じぶん》を変《か》えたい——。

「でも、わたしと話《はな》すときは涙出《なみだで》ないじゃん。」

そう言《い》われて、わたしは少《すこ》し考《かんが》えこむ。なんでだろう……？

「まり姉《ねえ》はわたしのこと昔《むかし》から知《し》ってるし、わたしが泣《な》き虫《むし》のダメなヤツだってわかってるから、気《き》が楽《らく》なのかな。」

「……つまり、わたしのことはどうでもいいってこと？」

「え!? ごめん、そういうわけじゃなくて……。」

わたしは、あわてて否定《ひてい》する。

「じょうだんだって！　みんなには、ダメなところを知《し》られたくないってことでしょ？」

「そう……だね。」

「でも、もうクラスのみんなは、メイがすぐ泣《な》くこと知《し》ってるんでしょ？」

「そうなんだけど……。」

「だったら、みんなとも楽《らく》に話《はな》せたらいいのにね。」

たしかに、まり姉《ねえ》と話《はな》すときは、泣《な》くことを心配《しんぱい》する必要《ひつよう》もないし、今《いま》みたいにちゃんと話《はなし》ができる。

どうしてだろう。

「メイは、どうしたいの？」

「わたしは……。」

出《で》てこない。わたしは、どうしたいの？

——わからない。自分《じぶん》のことなのに。

「まあ、メイのお母《かあ》さんは、いつもメイのこと『いい子《こ》だ。』って言《い》ってるからねー。わたしなんて、自分《じぶん》の親《おや》からほめられたことないけど。」

まり姉《ねえ》のお母《かあ》さんは、まり姉《ねえ》のことを話《はな》すとき、「うちの子《こ》はがさつで……。」とか「ぜんぜん親《おや》の言《い》うことをきかない。」とか、いつもグチをこぼしている。

それにくらべて、わたしのお母《かあ》さんは、人前《ひとまえ》ではこちらがはずかしくなるくらいわたしをほめる。リンが初《はじ》めてわたしの家《いえ》に来《き》たときだって、「メイはまじめでいい子《こ》。」なんて言《い》っていた。家《いえ》では、「みっともない。」とか小言《こごと》を言《い》われてばっかりだけど。

「でも、『いい子《こ》』って言《い》われると、いい子《こ》でいなくちゃいけなくなるから、それも大変《たいへん》そうだね。まあ、がんばりなね。」

「うん……。」

「あ、あと、今度《こんど》からはちゃんと親《おや》に言《い》うか、わたしに前《まえ》もって言《い》っといてね。」

そう言《い》って、まり姉《ねえ》は電話《でんわ》を切《き》った。

——いい子《こ》でいなくちゃいけなくなるから、それも大変《たいへん》そうだね。

まり姉《ねえ》が言《い》った言葉《ことば》が、頭《あたま》の中《なか》で繰《く》り返《かえ》される。

わたし、お母《かあ》さんの前《まえ》で『いい子《こ》』でいようとしていたんだ。だから、ほんとうのことが言《い》えなかった。お母《かあ》さんは、わたしに『いい子《こ》』を期待《きたい》していたから。

「そもそも、なんでウソついて行《い》く必要《ひつよう》があったのよ、甲府《こうふ》に。」

さっきの電話《でんわ》で、まり姉《ねえ》にきかれた。

「だって、もしほんとうのことを言《い》って反対《はんたい》されたら？」

「お母《かあ》さん、絶対《ぜったい》に反対《はんたい》するの？」

「それは……わからないけど……。」

「そうよ。言《い》ってみないとわかんないじゃん。メイは、言《い》おうとした？　ライブに行《い》きたいなら、行《い》かせてもらえるように努力《どりょく》した？」

「わたし……。」

何《なに》もしていなかった――。

『結局《けっきょく》メイは、泣《な》けばゆるしてもらえると思《おも》って、自分《じぶん》からは何《なに》もしないのよ。』

リンに言《い》われた言葉《ことば》が、再《ふたた》び胸《むね》にこだまする。

わたし、お母《かあ》さんの顔色《かおいろ》ばっかり見《み》て、ちゃんと話《はな》そうとしていなかった。お母《かあ》さんの望《のぞ》むいい子《こ》でいようとして。

だから、学校《がっこう》でもダメな自分《じぶん》を出《だ》せなかった。みんなにバレるのがこわいから、なるべくおとなしくしていた。だって、バレたら、みんなはわたしからはなれていっちゃうもん。

ただでさえ、みんなの前《まえ》で泣《な》いて「メイってる」なんて言《い》われているのに、これ以《い》上《じょう》、きらわれたくない。一人《ひとり》になりたくない。みじめになりたくない……。

なのに――。

今《いま》のわたしは、お母《かあ》さんにもリンにもそっぽを向《む》かれて、こうして一人《ひとり》でみじめな思《おも》いをしている。

どうして？　いっしょうけんめい、いい子《こ》でいようとがんばっているつもりだったのに。なるべくダメな自分《じぶん》を出《だ》さないように努力《どりょく》してきたつもりなのに――。

「もう、つかれた……。」

いい子《こ》じゃないのに、いい子《こ》のフリをするのは。
ダメな自分《じぶん》なのに、それをかくそうとするのは。もう、ムリだよ……。
そこへさらに『モノトーンズ』からの新《あたら》しいメッセージがSNS《エスエヌエス》に投稿《とうこう》された。
『新曲《しんきょく》、リリース‼』
どうしよう、リンと話《はな》したい！　リン……。

『学校《がっこう》でも、今日《きょう》みたいにしてればいいのに。』
『今《いま》のメイのほうが自然《しぜん》なのに……。』
甲府《こうふ》でリンがわたしに言《い》った言葉《ことば》。
自然《しぜん》なわたし――。リンといっしょにいるときのわたし。
もちろん、同《おな》じ推《お》しがいるというのもあるけど、それだけじゃない。
リンは、いつもわたしにまっすぐ意見《いけん》を伝《つた》えてくる。
『そんなにあたしといっしょがイヤなわけ？』
『いちいち泣《な》かないでよ。』

そのせいで、リンとは絶対《ぜったい》に合《あ》わないと思《おも》ったけど、でもそれ以外《いがい》はふつうに接《せっ》してくれた。

運動《うんどう》オンチなわたしに根気《こんき》よくダンスを教《おし》えてくれたり、甲府《こうふ》でのライブに引《ひ》っ張《ぱ》り出《だ》してくれたり……。

そして、わたしの中《なか》にいる新《あたら》しいわたしを引《ひ》き出《だ》してくれた。

『メイは、どうしたいの？』

まり姉《ねえ》にたずねられたときは、答《こた》えられなかった。だけど……。

「わたし、リンとちゃんと話《はな》したい！」

拒否《きょひ》されるかもしれない。はっきりと「メイなんか大《だい》キライ。」って言《い》われるかもしれない。それでも、何《なに》もしなかったら今《いま》のまま。

『言《い》ってみないとわかんないじゃん。メイは、言《い》おうとした？　努力《どりょく》した？』

わたしは何《なに》もせずに、ウソをついてごまかした。その結果《けっか》がこれ。

だから、今度《こんど》はちゃんと言《い》うんだ。

「やる前《まえ》にあきらめない！」

わたしは、自分《じぶん》をふるい立《た》たせるように言《い》った。

よし、ちゃんとリンと話《はな》して、あやまろう。わたし、またリンといっしょに『モノトーンズ』を応援《おうえん》したい。もっとリンとの思《おも》い出《で》をたくさんつくりたい。

「そうだ。」

わたしはあることを思《おも》いついて、裁縫箱《さいほうばこ》を取《と》り出《だ》す。

「ちゃんと、気持《きも》ちを話《はな》せますように――。」

わたしは裁縫箱《さいほうばこ》から針《はり》と糸《いと》を手《て》にして、願《ねが》いを込《こ》めながら針穴《はりあな》に糸《いと》を通《とお》した。

8
リンの秘密《ひみつ》

「おはよう！」

わたしは自分《じぶん》で起《お》きて、ダイニングにいるお母《かあ》さんに、いつもより大《おお》きな声《こえ》で話《はな》しかける。

「お、おはよう。」

お母《かあ》さんは、びっくりしたように、わたしのほうを見《み》て答《こた》えた。

よしっ！　第一関門《だいかんもん》クリア！

昨日《きのう》は、わたしもおどおどしながら「ただいま。」って言《い》ったけれど、お母《かあ》さんは目《め》も合《あ》わせてくれなかった。それに対《たい》して、わたしはまたおどおどして……。

お母《かあ》さんがその気《き》なら、こっちだって！　──そう思《おも》ったけれど。

『意地《いじ》はり合《あ》ったって、しょうがないよ。別《べつ》に、相手《あいて》が先《さき》に話《はな》しかけてきたら勝《か》ちってことじゃないし。むしろ、先《さき》にこっちのペースに持《も》ちこんだほうが勝《か》ちでしょ。』

お母《かあ》さんがずっとふきげんなことを相談《そうだん》したら、まり姉《ねえ》からそう言《い》われたんだ。

さすが、親子《おやこ》ゲンカのプロ！　わたしはまり姉《ねえ》のアドバイスにしたがって、わたしのほうからこの気《き》まずい雰囲気《ふんいき》を変《か》えようと決《き》めた。

それが、〝わたしからのふだんどおりのあいさつ〟作戦《さくせん》。小《ちい》さなことだけど、その成果《せいか》はすぐに表《あらわ》れた。

「この時間《じかん》ってことは、今日《きょう》は園芸委員《えんげいいいん》の当番《とうばん》？」

「うん。」

やっと、お母《かあ》さんのほうから話《はな》しかけてくれた。でも、その内容《ないよう》はというと……。

「じゃあ、リンちゃんと？」

「お母《かあ》さん……。」

どうしてリンに『メイをどこへ連《つ》れていったんだ。』なんて言《い》ったの？

ききたかったけれど、切《き》り出《だ》せなかった。これまでの経験《けいけん》から、「泣《な》きそう。」という予感《よかん》がしたから。

「山梨《やまなし》には、リンにむりやり連《つ》れていかれたわけじゃないから……。行《い》ってきます。」

お母《かあ》さんは、何《なに》か言《い》いたそうだったけど、わたしは逃《に》げるように家《いえ》を出《で》た。

言《い》っちゃった、言《い》っちゃった！　わたしにしては、がんばったと思《おも》う、うん！

そして、今《いま》からリンに会《あ》う。ああ、こんなにドキドキするなんて。

けれど、リンは当番《とうばん》の時間《じかん》になっても姿《すがた》を現《あらわ》さない。わたしは、ジョウロに水《みず》をくみ、一人《ひとり》で水《みず》やりを始《はじ》める。

「リン、どうしてるのかな……。まだ、怒《おこ》ってるよね。どうしよう。」

リンが『カズヤ』と名付《なづ》けた赤《あか》い花《はな》に水《みず》をやりながら、わたしは一人《ひとり》つぶやく。

「ねえ、ナオト。わたし、どうしたら変《か》われるのかな……。」

今度《こんど》は、ため息《いき》まじりに青《あお》い花《はな》に話《はな》しかける。

「ちょ、ちょ、ちょ、水《みず》かけすぎだって！」

ジョウロを持《も》つ手《て》を突然《とつぜん》つかまれ、おどろく。

「まり姉《ねえ》……。」

見《み》ると、青《あお》い花《はな》のまわりには、水《みず》たまりができている。

「ちょっと心配《しんぱい》で見《み》に来《き》てみたけど……リンちゃん、来《き》てないの？」

「うん……。」

「そっか……。」

わたしにつられて、まり姉《ねえ》の声《こえ》も暗《くら》くしずむ。

「そうだ、放課後《ほうかご》、部活《ぶかつ》あるから、リンちゃんに言《い》っておこうか？　メイが話《はな》したいことがあるって。」

まり姉《ねえ》は、はげますように言《い》ってくれたけれど――。

「ありがとう。でも、これはわたしが自分《じぶん》でなんとかしないといけないと思《おも》う。」

ちゃんと自分《じぶん》の意見《いけん》を言《い》わないわたしのことを、リンは怒《おこ》っているのだから。

「ただ、クラスではまったく別《べつ》のグループだし、園芸委員《えんげいいいん》だけが接点《せってん》だったのに、どうしよう……。」

「そうねえ……。」

まり姉《ねえ》はしばらく考《かんが》えたあと、ひらめいたように言《い》った。

「リンちゃんの追《お》っかけしてみたら？」

「追《お》っかけ⁉」

思《おも》いもよらない提案《ていあん》に、わたしはおどろきをかくせない。

「うん、アイドルの追《お》っかけみたいに、出待《でま》ちしたり、部活《ぶかつ》に行《い》くところを待《ま》ちぶせしたり。なんか、楽《たの》しそうじゃない？」

そう言《い》うまり姉《ねえ》は、ほんとうに楽《たの》しそうだ。

「まり姉《ねえ》も、推《お》しがいるの？」

「まあねえ～。」

「ええ！　初《はじ》めて聞《き》いた！　だれなの？」

「まあ、それはまた今度《こんど》。とにかく！」

まり姉《ねえ》はさっきまでゆるんでいた表情《ひょうじょう》をひきしめると、わたしに向《む》かって言《い》った。

「リンちゃんと仲直《なかなお》りしたいなら、『モノトーンズ』とやらのように、必死《ひっし》で追《お》いかけな。」

「うん、やってみる。」

わたしも力強《ちからづよ》くうなずいた。

「それにしても……まり姉《ねえ》の推《お》し活《かつ》ってすごそう。」

「あら、推《お》しは愛《あい》よ！　推《お》しは力《ちから》よ！　そして、推《お》しは勇気《ゆうき》と希望《きぼう》よ!!」

「わ、わかった……。」

まり姉《ねえ》のいきおいに押《お》されて、わたしはタジタジだ。

「がんばって、リンと話《はな》せるチャンスをさぐってみる！」

推《お》しは愛《あい》、推《お》しは力《ちから》、推《お》しは勇気《ゆうき》と希望《きぼう》――。何《なに》かの標語《ひょうご》みたい。

でも、まり姉《ねえ》の言《い》うとおり、それくらいの気持《きも》ちでリンに向《む》かっていこう。また
いっしょに、『モノトーンズ』を推《お》すために――。

それからわたしは、リンの行動《こうどう》を見《み》ながら、話《はな》しかけるチャンスをうかがってい
た。姿《すがた》を見《み》つければリンを目《め》で追《お》い、授業中《じゅぎょうちゅう》も、わたしより前《まえ》にすわっているリンの
背中《せなか》を見《み》つめながら、

「リンは今《いま》、何《なに》を考《かんが》えているんだろう。」

なんて思《おも》ってしまう自分《じぶん》がいる。

この状況《じょうきょう》、まるでわたしがリンに片想《かたおも》いしているみたい。なんだか、自分《じぶん》で自分《じぶん》がおかしくなってしまう。

リンは、そんなわたしの視線《しせん》に気《き》づいているのか、まったくこちらを見《み》ようとせず、ふいに目《め》が合《あ》ってもすぐにそらされてしまう。

うう……完全《かんぜん》にムシされている……。

めげそうになるけれど、『推《お》しは愛《あい》、推《お》しは力《ちから》、推《お》しは勇気《ゆうき》と希望《きぼう》』というまり姉《ねえ》の標語《ひょうご》を思《おも》い出《だ》して、自分《じぶん》をふるい立《た》たせる。

そうだ、ダンス部《ぶ》に行《い》ってみよう。そこで、リンのダンスを見《み》るのもいいかもしれない。リン、ダンス上手《じょうず》だもんなあ。まり姉《ねえ》も、うまいって言《い》っていたし。それで、リンの帰《かえ》りを待《ま》って……。

授業《じゅぎょう》が終《お》わると、リンはそそくさと教室《きょうしつ》を出《で》ていく。

よし、追《お》っかけ開始《かいし》!

急《いそ》いで荷物《にもつ》をまとめて、ダンス部《ぶ》が練習《れんしゅう》している体育館《たいいくかん》へと向《む》かう。

体育館《たいいくかん》では、バレー部《ぶ》やバドミントン部《ぶ》も練習《れんしゅう》している一角《いっかく》で、ダンス部《ぶ》がストレッチをしていた。

あれ……？　リンが見当《みあ》たらない……。

「メイ？」

背後《はいご》から声《こえ》をかけられ、ビクッとする。

「まり姉《ねえ》……。リンは来《き》てない？」

「ああ、今日《きょう》はなんか用事《ようじ》があるとかで、急《いそ》いで帰《かえ》ったよ。」

「そうなんだ……。」

うまくいかないな……。あ、もしかして！

わたしはすぐに思《おも》い立《た》って、かけ出《だ》した。

もしかしたら、『モノトーンズ』のCD《シーディー》を予約《よやく》しに行《い》ったのかも！

今回《こんかい》のCD《シーディー》には予約特典《よやくとくてん》がついている。それは、ファンミーティング応募券《おうぼけん》と、メンバーだれか一人《ひとり》のアクリルスタンドがランダムに、数量限定《すうりょうげんてい》で入《はい》っているというもの。

うっかりしていた！　わたしも早《はや》く予約《よやく》しなくっちゃ。

わたしは、いつか『モノトーンズ』を初《はじ》めて見《み》たショッピングモールへと向《む》かう。

ほんとうなら、リンとわちゃわちゃ言《い》いながらいっしょに予約《よやく》しに行《い》きたかったのに。このまま、新曲《しんきょく》も別々《べつべつ》に聴《き》くことになっちゃうのかな。

ダメ、ダメ、ネガティブ。推《お》しは愛《あい》、推《お》しは力《ちから》、推《お》しは……あれ、なんだっけ？

大通《おおどお》りの向《む》こうに、ショッピングモールが見《み》えてきた。もしかしたら、そこでリンに会《あ》えるかもしれない。

すると、通《とお》りの向《む》こうに見知《みし》った顔《かお》があった。

「リン……!!」

さけぼうとした次《つぎ》の瞬間《しゅんかん》、わたしは思《おも》いとどまる。

「……だれ？」

リンのとなりには、知《し》らない男《おとこ》の人《ひと》がいた。どう見《み》ても、彼氏《かれし》ではなさそう。だって、すごく年上《としうえ》の人《ひと》みたい。もしかして……お父《とう》さん？

リンの家《いえ》は、両親《りょうしん》が離婚《りこん》しているって言《い》っていた。ひょっとして、お母《かあ》さんに内緒《ないしょ》でお父《とう》さんに会《あ》っているとか？

うーん、どういうこと!?

早《はや》くしないと、見失《みうしな》っちゃう!

信号待《しんごうま》ちの時間《じかん》が、やけに長《なが》く感《かん》じられる。

だけど、遠目《とおめ》にもわかる。リンはずっとうつむいていて、ぜんぜん楽《たの》しそうでも、うれしそうでもない。

まさか、何《なに》かよくないことにまきこまれているんじゃ……。

信号《しんごう》が青《あお》になると、はじかれたようにかけ出《だ》す。

(リン、どこに行《い》くの? となりの男《おとこ》の人《ひと》はだれなの?)

心《こころ》の中《なか》で何度《なんど》も問《と》いかけながら、必死《ひっし》にリンの姿《すがた》を追《お》う。

「待《ま》って——。どこに行《い》くの?」

すると、二人《ふたり》は大通《おおどお》りから路地《ろじ》に入《はい》っていく。わたしも後《あと》を追《お》う。

これって、尾行《びこう》をしていることになるのかな。路地《ろじ》の手前《てまえ》で立《た》ち止《ど》まり、そこから
そっと路地《ろじ》をのぞきこむ。

すると、二人《ふたり》が数《すう》メートル先《さき》にある古《ふる》びたカフェに入《はい》っていくのが見《み》えた。

カフェの前《まえ》まで来《き》てみたものの、お店《みせ》は半地下《はんちか》にあるようで、わたし一人《ひとり》で入《はい》っていけるような雰囲気《ふんいき》ではない。

「どうしよう……。せっかくここまで来《き》たのに。」

路地《ろじ》に立《た》ちつくしていると、カフェに入《はい》っていくスーツ姿《すがた》の男《おとこ》の人《ひと》にジロジロと見《み》られてしまう。

どう見《み》ても、わたし、場《ば》ちがい……。

まずい。ここにずっと立《た》っているわけにもいかないし。でも、お茶《ちゃ》をするくらいなら、三十分《ぷん》もすれば出《で》てくるよね。

そう、わたしは今《いま》、追《お》っかけ中《ちゅう》なんだから。リンの出待《でま》ちだと思《おも》って、ここでいつまでも待《ま》つ！

わたしは、少《すこ》しはなれたガードレールによりかかって、スマホを見《み》ながら時間《じかん》をつぶすことにした。

でも、さっきリンと男《おとこ》の人《ひと》がいっしょに歩《ある》いていた光景《こうけい》が目《め》にやきついて、何《なに》も頭《あたま》に入《はい》ってこない。

一時間《じかん》を過《す》ぎても、二人《ふたり》は出《で》てこない。日《ひ》がかたむいてきて、あたりは薄暗《うすぐら》くなり始《はじ》めている。

冬《ふゆ》が近《ちか》づいていることを知《し》らせる冷《つめ》たい空気《くうき》が、わたしをよけいに心細《こころぼそ》くさせる。

さすがに心配《しんぱい》を通《とお》りこして、こわくなってきた。

リン……大丈夫《だいじょうぶ》なの？　早《はや》く出《で》てきて――。

祈《いの》るように入《い》り口《ぐち》を見《み》つめる。けれど、出《で》てくる気配《けはい》はない。こうなったら……。

わたしは、意《い》を決《けっ》してそうっと階段《かいだん》を下《お》りてみる。どうにか、お店《みせ》の中《なか》の様子《ようす》が見《み》られないものだろうか……。

そのカフェは、窓《まど》はあるけれど、店内《てんない》は薄暗《うすぐら》くて中《なか》の様子《ようす》がよくわからない。

ぼわっと室内《しつない》を照《て》らすオレンジ色《いろ》の照明《しょうめい》がなんとも大人《おとな》っぽい雰囲気《ふんいき》をただよわせている。

リン、どこにいるのかな……。

わたしは、気《き》づかれないように注意《ちゅうい》しながら、店《みせ》の窓《まど》からのぞきこむ。

あ、あの長《なが》い髪《かみ》の毛《け》は――リン！　でも、顔《かお》が見《み》えない!!

リンは、ちょうどわたしに背《せ》を向《む》けてすわっている。

相手《あいて》の男《おとこ》の人《ひと》はこちらを向《む》いているけど、表情《ひょうじょう》まではよくわからない。

どうする、わたし――。

「お客様《きゃくさま》、お待《ま》ち合《あ》わせですか?」

背後《はいご》でカフェの扉《とびら》が開《ひら》いて、店員《てんいん》さんに声《こえ》をかけられる。

「あ、いえ、そうではなくて……。」

しまった! なんて言《い》おう。

わたしがここにいることを、今《いま》、リンに知《し》られるわけにはいかない。まるで、リンの後《あと》をコソコソつけていたみたいになってしまう。いや、実際《じっさい》そうなんだけど……。

「知《し》り合《あ》いがいるか確認《かくにん》しに来《き》たんですけど、いないみたいでした。失礼《しつれい》します。」

あわててその場《ば》を去《さ》ろうとすると、店員《てんいん》さんがさらに声《こえ》をかけてくる。

「中《なか》に入《はい》って、おさがしになりますか?」

せっかく切《き》り抜《ぬ》けられたと思《おも》ったのに!!

店員《てんいん》さんは、親切《しんせつ》そうな笑顔《えがお》で、中《なか》へと誘導《ゆうどう》するように扉《とびら》をさらに開《ひら》いた。

いやいや、これはマズイ！

「い、いいえ、ほんとうに大丈夫《だいじょうぶ》です。すみません、ありがとうござい……。」

「メイ!?」

突然《とつぜん》名前《なまえ》を呼《よ》ばれて、顔《かお》を上《あ》げると、扉《とびら》から出《で》てきたリンが、おどろいた目《め》でわたしを見《み》つめている。わたしは、気《き》まずくて視線《しせん》を泳《およ》がせた。

捜査開始《そうさかいし》から一時間《じかん》十八分《ふん》五十七秒《びょう》。まんまと張《は》りこみ対象《たいしょう》に見《み》つかってしまい、尾行終了《びこうしゅうりょう》――。

「よかった！　お知《し》り合《あ》いの方《かた》が見《み》つかって。またお待《ま》ちしておりまーす。」

店員《てんいん》さんは、まったく場《ば》ちがいな明《あか》るい笑顔《えがお》で言《い》うと、扉《とびら》を閉《し》めた。それと同時《どうじ》に、店内《てんない》に流《なが》れている音楽《おんがく》がさえぎられ、あたりに沈黙《ちんもく》がおちる。

リンは、わたしに背《せ》を向《む》けた。いざとなると、かける言葉《ことば》が見《み》つからない。

しばらくそのまま立《た》ちつくしていると、再《ふたた》び店内《てんない》の音楽《おんがく》がもれてくる。会計《かいけい》をすませたらしい男《おとこ》の人《ひと》が、カフェから出《で》てきたのだ。

「お待《ま》たせ。行《い》こうか。」

そう言《い》うと、男《おとこ》の人《ひと》はリンの肩《かた》に手《て》を置《お》いた。

反射的《はんしゃてき》にリンの肩《かた》がビクンとはねる。そんなリンの反応《はんのう》を楽《たの》しむかのように、男《おとこ》の人《ひと》はリンの背中《せなか》をさすり始《はじ》めた。

え……。

目《め》の前《まえ》の光景《こうけい》に、わたしは恐怖《きょうふ》で動《うご》けなくなる。リン——!!

「い……いや!」

リンは体《からだ》をよじらせて男《おとこ》の人《ひと》からはなれると、そのまま走《はし》り出《だ》した。

「リン!!」

わたしもあわてて追《お》いかける。リンを見失《みうしな》わないようについていくのに必死《ひっし》で、すぐに息《いき》があがる。

——待《ま》って、リン。今《いま》のは何《なに》? あの男《おとこ》の人《ひと》はだれ? あれは、いったいどういうこと?

疑問《ぎもん》が次々《つぎつぎ》にわいてくる。けれど、それは「ハア、ハア。」という息《いき》とともに流《なが》れていく。

近《ちか》くの公園《こうえん》まで来《く》ると、うしろからだれも追《お》いかけてきていないことを確認《かくにん》して、やっとリンが足《あし》を止《と》めた。ひざに手《て》をついて肩《かた》で息《いき》をしている。

わたしは、息《いき》をととのえながら、やっとのことで口《くち》を開《ひら》く。

「リン、さっきの男《おとこ》の人《ひと》って……。」

9 正反対《せいはんたい》の二人《ふたり》

「メイには関係《かんけい》ないでしょ。」

リンは、わたしをつきはなすように言《い》う。

いつものリンだ。さっきまでの、男《おとこ》の人《ひと》といっしょにいたリンは、おとなしくて、緊張《きんちょう》していて、まるで別人《べつじん》だった。そして今《いま》は、おびえて逃《に》げてきた――。

「なんで、あそこにいたの？」

「…………」

ずっと後《あと》をつけていたとは言《い》いづらくて、くちびるをかむ。

そんなわたしに、リンはさらに追《お》い打《う》ちをかけてくる。

「なんで、だまってるの？」

リンの質問《しつもん》には答《こた》えずに、わたしはたずねた。

「……あの男《おとこ》の人《ひと》……知《し》り合《あ》いじゃないよね？」

「そうだよ。知《し》らない人《ひと》だけど、それが何《なに》？」

リンは、今度《こんど》は開《ひら》き直《なお》ったように言《い》った。

「いいでしょ！　ただお茶《ちゃ》してただけだし。」

「でも……。」

言《い》いかけたわたしをさえぎって、リンが一気《いっき》に話《はな》し始《はじ》める。

「だってお金《かね》がほしかったんだもん。『モノトーンズ』のCD《シーディー》も出《で》るし。メンバー全《ぜん》員《いん》のアクスタもそろえたいし。応募券《おうぼけん》だって、いっぱいほしいし！」

その気持《きも》ちはわかる。でも――。

「だからって、こんなこと……。」

「何《なに》よ。みんなに内緒《ないしょ》でパパ活《かつ》するのはダメで、親《おや》やあたしにウソついて甲府《こうふ》に行《い》くのはいいんだ？」

リンの挑発《ちょうはつ》するような顔《かお》に、わたしは思《おも》わず口《くち》をつぐむ。

リンの言《い》うとおり。わたしにリンを責《せ》める資格《しかく》はない。わたしだって、リンにひどいことをした。

そんなわたしに、何《なに》も言《い》えるわけない。わたし、いったい何《なに》をしているんだろう。

あんなところで一時間以上《じかんいじょう》も待《ま》って。

じわりと涙《なみだ》がこみ上《あ》げてくる。

ダメ！　泣《な》いちゃダメ！

だけど、涙《なみだ》は止《と》まってくれない。

「また泣《な》く……。」

ため息《いき》まじりに言《い》うと、リンは続《つづ》ける。

「結局《けっきょく》、メイは自分《じぶん》の気持《きも》ちを何《なに》もちゃんと話《はな》さない。ただ泣《な》くだけなんて卑怯《ひきょう》だよ。メイを見《み》てるとイライラする！」

そう言《い》うと、リンはわたしに背《せ》を向《む》け立《た》ち去《さ》ろうとする。

待《ま》って！　わたし、まだ何《なに》もリンに伝《つた》えられてない——。

わたしの手《て》は、反射的《はんしゃてき》にリンのうでをつかんでいた。

「待《ま》って！　ちゃんと話《はな》すから、ちょっと待《ま》って……。」

ドキドキしながら伝《つた》えると、リンは立《た》ち止《ど》まってくれた。

近《ちか》くにあったベンチに二人《ふたり》ならんですわる。

けれど、二人《ふたり》の間《あいだ》には、もう一人《ひとり》すわれるくらいのすきまがある。これが、今《いま》のわたしとリンの心《こころ》の距離《きょり》だ。

折《お》れそうになる心《こころ》を、なんとかふるい立《た》たせる。

「リンの言《い》うとおりだよね。泣《な》いてちゃ、何《なに》も伝《つた》わらないよね。わたし、自分《じぶん》の思《おも》っていること、言葉《ことば》にするのがすごく苦手《にがて》で……。だから、人前《ひとまえ》ではなるべくしゃべらないようにしてたんだ。」

わたしは、ゆっくりと話《はな》し始《はじ》める。

「何《なに》か言《い》って反対《はんたい》されたり、あきれられたりしたら、って思《おも》うとこわくて……。だから、『モノトーンズ』のことも親《おや》にも言《い》えなくて。それで、ウソをついちゃったの。でも、それでリンまで怒《おこ》られることになっちゃって、ごめんなさい。」

わたしは、リンに向《む》かって頭《あたま》を下《さ》げる。すると、それまでだまって聞《き》いていたリンが口《くち》を開《ひら》いた。

「それって、逃《に》げてるだけじゃない。」

「逃《に》げてる?」

「結局《けっきょく》、いい子《こ》のフリして、自分《じぶん》が傷《きず》つかないようにしてるってことだよね?」

だって、傷《きず》つくのはこわい。もしかしたら立《た》ち直《なお》れないかもしれない。——考《かんが》えただけで、自然《しぜん》とうつむいてしまう。

だから、何《なに》も言《い》わなければ傷《きず》つくこともないと思《おも》っていた。

「あたし、メイが泣《な》くたびに、メイはあたしとは、本気《ほんき》で話《はな》す気《き》がないんだって思《おも》った。せっかく友《とも》だちになれたのに、結局《けっきょく》『モノトーンズ』のことしか話《はな》せないんだって。あたし、いまだにメイのことがぜんぜんわからないよ。」

リンの言葉《ことば》におどろいて顔《かお》を上《あ》げる。

わたしが泣《な》くことで、わたしが話《はな》さないことで、リンがそんなふうに思《おも》っていたなんて……。

「ごめん。わたし、自分《じぶん》から何《なに》もしようとしてなかった。でもね、わたし、リンとちゃんと話《はな》したいし、リンのこと、もっと知《し》りたいと思《おも》って、今日《きょう》、ダンス部《ぶ》まで行《い》ったの。そうしたら、いなくて……。」

今度《こんど》は、リンが気《き》まずそうにうつむく。

「それで、リンが男《おとこ》の人《ひと》とお店《みせ》に入《はい》っていくのを、たまたま見《み》かけて……。」

「え？　入《はい》っていくときからって……。じゃあ、メイはあたしがお店《みせ》にいるあいだ、ずっとあそこで待《ま》ってたの？」

「だって、もしリンがあぶない目《め》にあったらって思《おも》うと心配《しんぱい》で……。」

思《おも》い出《だ》しただけでも、涙《なみだ》が浮《う》かんでくる。ほんとうにこわかった。

「ご、ごめん、心配《しんぱい》かけて。泣《な》かないでよ。」

リンはあわててハンカチを差《さ》し出《だ》してくれる。

「うう……ごめんね、リン。すぐ泣《な》いてごめんね。弱虫《よわむし》でごめんね。逃《に》げてばっかりでごめんね……。」

わたしは、リンから差《さ》し出《だ》されたハンカチを目《め》に押《お》し当《あ》てて、声《こえ》をつまらせながらも伝《つた》える。

「わたしね、リンと友《とも》だちになれたのがすごくうれしくて。きっかけは『モノトーンズ』だったけど、リンの明《あか》るいところとか、積極的《せっきょくてき》なところとか、いっしょうけんめいなところとか、すごくあこがれるし、いっしょにいるのが楽《たの》しくて……。」

言《い》いながら、涙《なみだ》はとどまることなく流《なが》れてくる。

「だから、それがこわれるのがイヤで、親《おや》にもリンにもウソついたの。でも、それでみんなを傷《きず》つけて、結局《けっきょく》、こわしちゃった。リンに言《い》われて、よくわかった。」

甲府《こうふ》から帰《かえ》ってきたとき、顔《かお》をおおって、しゃがみこんでしまったお母《かあ》さんの姿《すがた》を思《おも》い出《だ》す。

わたしは、お母《かあ》さんのあの姿《すがた》に弱《よわ》い。

これまでも、わたしのすることがお母《かあ》さんの気持《きも》ちにそぐわないと、「お母《かあ》さん、ショックだわ。」と言《い》って涙《なみだ》を流《なが》していた。

だから、お母《かあ》さんに言《い》われたことだけをするようにして、お母《かあ》さんを泣《な》かせないように、お母《かあ》さんをがっかりさせないように、顔色《かおいろ》をうかがうようになっていた。

そうして、いつの間《ま》にか、人《ひと》が自分《じぶん》をどう見《み》ているのかばかりが気《き》になって、自分《じぶん》から発言《はつげん》したり、行動《こうどう》したりするのがこわくなった。

きらわれたくない。バカな子《こ》、ダメな子《こ》、悪《わる》い子《こ》って見《み》られたくない。それだけは絶対《ぜったい》にイヤ……。結局《けっきょく》、自分《じぶん》を守《まも》ろうとしていただけ……。

『泣《な》きたいのはこっちよ!!』──ライブの翌日《よくじつ》、リンが初《はじ》めて見《み》せた、今《いま》にも泣《な》き出《だ》しそうな顔《かお》が目《め》に浮《う》かぶ。

リンに悲《かな》しい思《おも》いをさせたのは、わたしの意気地《いくじ》のなさだった。

わたしは、顔《かお》からハンカチをはなすと、リンの顔《かお》をしっかりと見《み》て言《い》った。

「こわしたくないなら、強《つよ》くならないといけないんだって、わかった。ほんとうにわかったの。」

大変《たいへん》そうなことや逃《に》げたいと思《おも》うことにも向《む》かっていける強《つよ》さ──。

「正直言《しょうじきい》うとね、今《いま》もこわい。リンにきらわれたらどうしようって。でも。」

深呼吸《しんこきゅう》をして息《いき》をととのえる。

「わたし、このままじゃイヤだから。リンとまた仲良《なかよ》くしたいし、そのためにもっと強《つよ》くなりたい。」

「メイ……。」

リンは、わたしの顔《かお》をじっと見《み》つめる。

「顔《かお》、ボロボロ。」

そう言《い》って、プッとふき出《だ》した。

「え……。」

わたしは、カバンから鏡《かがみ》を取《と》り出《だ》してのぞきこむ。

「うわ、ひどい……。」

話《はな》すことに夢中《むちゅう》で、まったく気《き》づいていなかったけれど、涙《なみだ》でぐしゃぐしゃになっている。

「でも、うれしかった。メイがいっしょうけんめい話《はな》してくれて。あたしも正直《しょうじき》に話《はな》すよ、メイに。」

すると、リンはポツリ、ポツリと話《はな》し始《はじ》めた。

甲府《こうふ》に行《い》って、貯金《ちょきん》もすっからかんになってしまったこと、母親《ははおや》からは推《お》し活《かつ》への援助《えんじょ》は一切《いっさい》しないと言《い》われていること、中学生《ちゅうがくせい》はアルバイトもできないし、毎日《まいにち》家事《かじ》もしなくちゃいけない——。

「そんなとき、『モノトーンズ』が新曲《しんきょく》を発表《はっぴょう》するって聞《き》いて。メイに連絡《れんらく》できなくて、ふと思《おも》い出《だ》して、甲府《こうふ》でいっしょに写真《しゃしん》を撮《と》った子《こ》たちに連絡《れんらく》してみたんだ。そうしたらさ……。」

なんと、彼女《かのじょ》たちは一人《ひとり》五枚《まい》ずつ買《か》うという。

甲府《こうふ》でのライブでもたくさんグッズを買《か》っていたから、『うらやましい。』と言《い》ったら、『パパ活《かつ》すればいいじゃん。』と軽《かる》く言《い》われたという。

「男《おとこ》の人《ひと》とお茶《ちゃ》して話《はな》し相手《あいて》になるだけで、手《て》っ取《と》り早《ばや》く、ちょっとしたおこづかいをかせぐことができるって。」

『パパ活《かつ》』のことは、なんとなくわたしも知《し》っている。

「ねえ、リン、大丈夫《だいじょうぶ》だった？　その……ヘンなことされなかった？」

カフェにいたんだから、お茶《ちゃ》をしただけだとは思《おも》いつつも、きかずにはいられなかった。

「うん、あのカフェのメニューの中《なか》で、いちばん高《たか》いパフェごちそうしてくれた。」

「それならよかったけど……いや、よくないよ！　外《そと》に出《で》てきたとき、男《おとこ》の人《ひと》がリンの体《からだ》に触《ふ》れてるのを見《み》て、わたしまでこわくなった。リンだってこわかったでしょ？　だから走《はし》って逃《に》げたんでしょ？」

わたしの質問《しつもん》に、リンは少《すこ》し考《かんが》えてから答《こた》えた。

「……こわかったよ、すごく。お店《みせ》の外《そと》で体《からだ》をさわられて、マジでヤバいって思《おも》ったから。」

リンは、自分《じぶん》の体《からだ》を抱《だ》きしめるように身《み》をちぢめる。

「でもさ、『パパ活《かつ》』っていうけど、あたしにとってはおこづかいをもらうってことと同時《どうじ》に、〝お父《とう》さん体験《たいけん》〟をさせてもらえるんじゃないかって思《おも》ってたところもあった。『お父《とう》さん』って、どんな感《かん》じなのかなーって。」

〝お父《とう》さん体験《たいけん》〟――その言葉《ことば》に、ハッとする。

そうだ、リンの両親《りょうしん》は、リンがまだ小《ちい》さいころに離婚《りこん》したから、お父《とう》さんといっしょに過《す》ごした思《おも》い出《で》がないのかもしれない。

わたしのお父《とう》さんだって、仕事《しごと》で毎晩遅《まいばんおそ》くに帰《かえ》ってくるから、いっしょにいる時間《じかん》は短《みじか》いけど、毎朝《まいあさ》必《かなら》ず顔《かお》を合《あ》わせる。

そんな、わたしにとっての当《あ》たり前《まえ》のことが、リンにとっては当《あ》たり前《まえ》ではないんだ――。

「あの人《ひと》、あたしのグチを聞《き》いてくれて、毎日家事《まいにちかじ》してることを『よくがんばってるね。』ってほめてくれたりして、うれしかったんだ……。」

「リン……。わたし、学校《がっこう》での明《あか》るくてなんでもできちゃうリンのことしか見《み》てなかった。でも、ほんとうは毎日大変《まいにちたいへん》だったんだね……。」

「ちょ、ちょっと、なんであたしのことでメイが泣《な》くのよ。」

せっかく引《ひ》いていた涙《なみだ》が、またこぼれる。

わたし、リンのこと何《なに》も知《し》らなかった――。それなのにすぐ泣《な》く自分《じぶん》がなさけない。

「わたし、すぐ泣《な》くのをやめる！」

涙《なみだ》をぬぐいながら言《い》うと、リンは静《しず》かに言《い》った。

「べつにムリしなくていいよ。メイが泣《な》くのは個性《こせい》だと思《おも》う。」

「リンは、わたしがすぐ泣《な》くこと、怒《おこ》ってたんじゃないの？」

急《きゅう》に、泣《な》くことを肯定《こうてい》されて、わたしはとまどってしまう。

「うん……でも、今日《きょう》のパパ活《かつ》で、そのままの自分《じぶん》を認《みと》めてもらえるのって、うれしいんだってわかったから……。」

「……なんか、わかる。」

「えっ⁉」

わたしの返事《へんじ》が思《おも》いがけなかったのか、リンがおどろいた表情《ひょうじょう》を向《む》ける。

「わたしも、リンと『モノトーンズ』の話《はなし》をしてるとき、『そうそう！』『わかる！』『そうだよね！』って共感《きょうかん》してくれるのがうれしくって、なんか安心《あんしん》したんだよね。自分《じぶん》がリンに受《う》け入《い》れてもらえてる感《かん》じがして。」

「そうそう、まさにそれ！」

そこでわたしたちは、笑《わら》い合《あ》った。

「結局《けっきょく》、あたしもだれかに受《う》け入《い》れてもらいたかったんだ。あたしもメイと同《おな》じだね。」

「ううん、リンはわたしとはちがうよ。リンはいつもがんばってるのに、わたし、逃《に》げてばかりでリンにイヤな思《おも》いをさせちゃった。ほんとうにごめん……。」

「もういいよ。メイの気持《きも》ち、ちゃんと聞《き》けたし。」

たしかに、今回《こんかい》のことがなかったら、わたし、自分《じぶん》の気持《きも》ちをこんなにリンに話《はな》していなかったかもしれない。

なんだか、今《いま》までよりもっとリンと仲良《なかよ》くなれそうな気《き》がする。もっといろんな話《はなし》ができる気《き》がする。

不安《ふあん》やこわい気持《きも》ちはあったけど、がんばって向《む》き合《あ》ってよかった。

――そうだ、そういうことなのかもしれない。今《いま》、一歩《いっぽ》をふみ出《だ》さなければ、同《おな》じことの繰《く》り返《かえ》しだ。お母《かあ》さんのことも。それでいいの？　――。

「わたし、親《おや》にもちゃんと推《お》し活《かつ》のこと話《はな》す。もっと、自分《じぶん》の気持《きも》ち、話《はな》せるようにがんばる。」

コクリとうなずくリンに、わたしは続《つづ》けて言《い》った。

「だから……またいっしょに推《お》し活《かつ》しよう？　パパ活《かつ》はやめよう？」

リンは少《すこ》し考《かんが》えてから、静《しず》かに答《こた》えた。

「……うん、そうする。お茶《ちゃ》しておしゃべりするだけでいいなんてこと、ないんだってわかった。」

その答《こた》えに、わたしはホッとする。

「そうだ……。」

わたしは思《おも》い出《だ》して、カバンの中《なか》をさぐる。

「これ、リンに作《つく》ったんだけど……。」

わたしは、リンに赤《あか》い水玉模様《みずたまもよう》の生地《きじ》で作《つく》ったシュシュを差《さ》し出《だ》す。

「わあ！　カズヤパターンだ！」

「これなら、ダンスするときにもつけられるでしょう？」

リンはおろしていた長《なが》い髪《かみ》の毛《け》をたばね、さっそくシュシュでとめる。

「どう？」

「うん、にあってる。」

「ありがとう！　これつけたら、めっちゃうまく踊《おど》れそう！」

リンによろこんでもらえてよかった。

昨日《きのう》、まり姉《ねえ》に話《はなし》を聞《き》いてもらって、リンときちんと話《はな》そうと決意《けつい》して、その気持《きも》ちを込《こ》めて作《つく》ったシュシュ。

リンに伝《つた》えられてよかった。

次《つぎ》は——お母《かあ》さんだ！

10

泣《な》いちゃったあたし　〈凛《りん》〉

メイと別《わか》れてから、あたしは夕《ゆう》ごはんの買《か》い物《もの》をするためにスーパーに立《た》ちよった。

「今晩《こんばん》は、カレーにしようっと。」

まだ、タマネギとニンジンは家《いえ》にあったから、あとは……。

あたしは、買《か》い物《もの》かごの中《なか》に豚肉《ぶたにく》、ジャガイモ、カレールウを次々《つぎつぎ》と入《い》れていく。

通《かよ》いなれたこのスーパーは、どこに何《なに》が置《お》いてあるかほぼ全部《ぜんぶ》わかっているから、とってもスムーズ。

「ただいま。遅《おそ》くなってごめん。」

家《いえ》に帰《かえ》ると、あたしはいつものようにルーティンをこなす。

まず、お米《こめ》をといで炊飯器《すいはんき》にかけたら、朝《あさ》、お母《かあ》さんが干《ほ》していった洗濯物《せんたくもの》を取《と》りこむ。

それから、お肉《にく》と野菜《やさい》を切《き》って……。

「おお、今晩《こんばん》はカレー？」

台所《だいどころ》をのぞきこみながら、弟《おとうと》の雄太《ゆうた》がメニューを言《い》い当《あ》てる。

「当《あ》たり～。」

「ということは、明日《あした》もカレーか。」

生意気《なまいき》な弟《おとうと》め！　作《つく》ってもらえるだけありがたいと思《おも》ってほしいもんだわ。

「ちがいまーす。明日《あした》はカレーライスではなく、カレーうどんですー。」

あたしは小《ちい》さく反撃《はんげき》する。

「カレーはカレーじゃん。」

まったく！

「じゃあ、自分《じぶん》で作《つく》りなさいよ。」

と言《い》いかけたとき――。

「でも、お姉《ねえ》ちゃんのカレー、好《す》きだから別《べつ》にいいけど。」

「え……そうなの？」

「うん、お姉《ねえ》ちゃんの料理《りょうり》、おいしいよ。種類《しゅるい》は少《すく》ないけど。」

最後《さいご》のひと言《こと》はよけいだな。でも、思《おも》いがけず自分《じぶん》の料理《りょうり》をほめられてとまどう。

最近《さいきん》、雄太《ゆうた》からは不満《ふまん》や文句《もんく》しか言《い》われたことがなかったのに……。

今《いま》までずっと、あたしが家事《かじ》をしても、だれもほめてはくれなかった。

この間《あいだ》もこんなことがあった……。

「リン、洗《あら》ったお皿《さら》にごはんつぶがついてたわよ。」

お母《かあ》さんに食器《しょっき》の洗《あら》い方《かた》を注意《ちゅうい》された。やっただけでもほめてほしいくらいなのに。

「あ、そう？　気《き》がつかなかった。」

「お姉《ねえ》ちゃんは、何《なに》をやるのもザツだからな～。」

「うるさいわね、雄太《ゆうた》。あんた、何《なに》もしないくせに！」

雄太《ゆうた》の言葉《ことば》にいらだちを覚《おぼ》えて、あたしはつい強《つよ》い口調《くちょう》になってしまう。すると、雄太《ゆうた》が泣《な》き出《だ》してしまった。

「リン、あやまりなさい。」

お母《かあ》さんが、ため息《いき》まじりに言《い》う。

え……あたしが悪《わる》いの……？

いつもそう。泣《な》いている人《ひと》がいたら、理由《りゆう》がなんであれ、泣《な》いていない人《ひと》が泣《な》かせたことになって、悪者《わるもの》になる。

ふだん、家事《かじ》をしていることをほめてはくれないのに、こういうときだけ怒《おこ》られるなんて、わりに合《あ》わない!!

すると、お母《かあ》さんは雄太《ゆうた》に向《む》かって言《い》った。

「雄太《ゆうた》もよ。いい子《こ》はそんなにすぐ泣《な》かないの。」

それは、あたしもこれまでさんざん言《い》われてきた言葉《ことば》だった。

いい子《こ》は泣《な》いちゃいけない――それが、あたしの胸《むね》にしっかりときざみこまれている。だからあたし、泣《な》かないで、がんばっているのに。

雄太《ゆうた》に向《む》かっていたお母《かあ》さんの目《め》が、再《ふたた》びあたしにもどってくる。

「いい？　リン。やるならきちんとやりなさい。」

「はいはい、わかりました。」

「なんなの、その言《い》い方《かた》は。」

「だから、ちゃんと洗《あら》えばいいんでしょ！　そんなに言《い》うなら、お母《かあ》さんがやればいいじゃない。お母《かあ》さんは仕事《しごと》でいそがしいから、あたしがやってるのに！」

「リン、これは皿洗《さらあら》いのことだけじゃないの。学校《がっこう》の勉強《べんきょう》も同《おな》じよ。やるならいいかげんにやるんじゃなくて……。」

「もう、聞《き》きたくないっ！」

ついにいらだちが頂点《ちょうてん》に達《たっ》して、あたしはお母《かあ》さんの言葉《ことば》をさえぎって、おふろにかけこんだ。

自分《じぶん》の部屋《へや》がないから、一人《ひとり》になれるのは、おふろかトイレくらいしかない。

あたしは、そのまま服《ふく》をぬいでシャワーをあびた。むしゃくしゃした思《おも》いのまま、そのいきおいで顔《かお》、髪《かみ》の毛《け》、体《からだ》……と全身《ぜんしん》を洗《あら》い流《なが》す。

みんな好《す》きなこと言《い》って。毎日《まいにち》、家事《かじ》をやっているあたしのことなんて、あたしの気《き》持《も》ちなんて、だれもわかってくれない。

泣《な》きたくなる気《き》持《も》ちをぐっとおさえる。

もういい！　この家《いえ》にいると腹《はら》が立《た》つことばかり。だれか、あたしの気《き》持《も》ちを聞《き》いてほしい……。

——そんな、投《な》げやりな気《き》持《も》ちになっていたところに、甲府《こうふ》で知《し》り合《あ》いになった子《こ》から、パパ活《かつ》のことを教《おし》えてもらった。

ちょうど、『モノトーンズ』の新曲《しんきょく》CD《シーディー》を買《か》うお金《かね》がほしかったあたしは、いきおいでパパ活《かつ》に手《て》を出《だ》してしまったんだ……。

「お姉《ねえ》ちゃん、なんで泣《な》いてんの？　カレー冷《さ》めちゃうよ。」

目《め》の前《まえ》にすわっている雄太《ゆうた》の声《こえ》で、ハッとわれに返《かえ》った。気《き》づくと、ほおを涙《なみだ》が伝《つた》っていた。

毎日《まいにち》、毎日《まいにち》、同《おな》じことの繰《く》り返《かえ》し。だれからも感謝《かんしゃ》されることもなく、なんのためにやっているのかさえわからなくなっていた。

でも、雄太《ゆうた》はちゃんと「おいしい」って思《おも》って食《た》べてくれていた。知《し》らなかった。あたし……。

なんの感情《かんじょう》もなく、ただルーティンをこなしていただけだったけど、よろこんでもらえていたんだ……。

うれしい。こんな気持《きも》ちになったのは初《はじ》めてだ。

でも、泣《な》くなんて……。

いや、今日《きょう》はいろんなことがあった。

初《はじ》めてのパパ活《かつ》。会《あ》ってみたら、初《はじ》めはやさしくて、何度《なんど》も「えらいねえ。」「がんばってるね。」と言《い》ってくれて、うれしかった。

だって、お母《かあ》さんは言《い》ってくれないもの。

甲府《こうふ》へ『モノトーンズ』のライブに行《い》きたいってお願《ねが》いしたときだって——。

「ねえ、今度《こんど》、友《とも》だちと『モノトーンズ』のライブ行《い》っていい？」

「ライブ？　どこでやるの？」

「えっと……甲府《こうふ》。」

「甲府《こうふ》!?」

お母《かあ》さんはおどろいて目《め》を見開《みひら》くと、次《つぎ》にまゆをひそめた。

そうだよね、そういう反応《はんのう》になるよね……。

「遠《とお》いじゃない。どうやって行《い》くのよ。」

「電車《でんしゃ》で。」

「そんなお金《かね》、あるの？」

「ある！　あたし、お年玉《としだま》とかずっと貯《た》めてたの！　早起《はやお》きして各停《かくてい》で行《い》くし。ね！　お願《ねが》い！　初《はじ》めてのホールでのライブなの！　初《はつ》ライブは一生《いっしょう》に一度《いちど》しかないの！　彼《かれ》らの歴史的瞬間《れきしてきしゅんかん》なの！　ね！　ね！」

反対《はんたい》されてなるものかと両手《りょうて》を合《あ》わせ、あたしはお母《かあ》さんに必死《ひっし》にお願《ねが》いする。

「いつもお手伝《てつだ》いがんばってるんだし、たまにはいいでしょ？」

「それと、甲府《こうふ》に行《い》くのとは別《べつ》の話《はなし》でしょ。」

お母《かあ》さんは、ピシャリと言《い》い放《はな》つ。

ぜんぜんあたしの話《はなし》、聞《き》いてくれないじゃん……。

「どうしてダメなの？　あたしだって、たまには思《おも》い切《き》り遊《あそ》びたいの！」

お母《かあ》さんはだまったまま、スマホでメールをチェックしている。

あたしだって、意地《いじ》になる。

「ねえ、お母《かあ》さん！」

「わかったわよ。」

あたしのしつこさに折《お》れたのか、お母《かあ》さんは「うるさい。」と言《い》わんばかりに、ようやくスマホから顔《かお》を上《あ》げた。そして、

「その代《か》わり、帰《かえ》るときにちゃんと連絡《れんらく》しなさいね。」

と、しぶしぶゆるしてくれたのだった。

『共感《きょうかん》してくれるのがうれしくって、なんか安心《あんしん》したんだよね。自分《じぶん》がリンに受《う》け入《い》

れてもらえてる感《かん》じがして。』――メイの言葉《ことば》を思《おも》い出《だ》す。

そうだ、あたしはパパ活《かつ》の相手《あいて》にお父《とう》さんみたいな安心感《あんしんかん》を求《もと》めていたのかも。

お父《とう》さんがいたら、あたしのこと、ほめてくれるのかなって。

お茶《ちゃ》するだけでお金《かね》がもらえるなら、会《あ》ってもいいかも……なんて思《おも》った自分《じぶん》がいる。

ううん、ホントはお茶《ちゃ》だけではなかった。

少《すこ》しずつ、いろんなことを求《もと》めてきた。

「ねえ、手《て》、さわっていい?」「頭《あたま》、なでてもいい?」「いっしょに写真撮《しゃしんと》ろうよ。」

――その一《ひと》つ一《ひと》つをOK《オーケー》するごとに、お金《かね》がもらえた。全部《ぜんぶ》で一万円《まんえん》!

別《べつ》に、手《て》だけなら……。頭《あたま》をなでられるだけならいいか……。そう思《おも》って応《おう》じてしまった。

写真《しゃしん》はどこに流出《りゅうしゅつ》するかわからないから、さすがにことわったけど。

実際《じっさい》に手《て》をさわられたとき、ゾワッとして全身《ぜんしん》に鳥肌《とりはだ》が立《た》った。でも、これでお金《かね》がもらえるならとガマンした。心《こころ》の中《なか》で、『早《はや》くはなして!』と念《ねん》じながら――。

それで、お店《みせ》から出《で》たらメイがいた。あんまり心配《しんぱい》そうな目《め》で見《み》つめてくるから、思《おも》わず背《せ》を向《む》けた。

だけど、そのおかげで自分《じぶん》がとんでもないことをしちゃったんじゃないかって、正《しょう》気《き》にもどれた。

お店《みせ》から出《で》てきたおじさんに肩《かた》をさわられたときには、ついにたえきれなくなって、気《き》がついたら走《はし》り出《だ》していた。

今《いま》、思《おも》い出《だ》しても、気持《きも》ち悪《わる》くてたまらない。

さわられた手《て》も、髪《かみ》の毛《け》も、今《いま》すぐきれいに洗《あら》い流《なが》したい衝動《しょうどう》にかられた。

そっか、自分《じぶん》を売《う》るって、こういうことだったんだ……。手《て》をさわらせて、髪《かみ》の毛《け》をなでさせて、「いいところに行《い》こう。」なんて言《い》われて——。

あの人《ひと》はお父《とう》さんじゃない！　あたしみたいな中学生《ちゅうがくせい》に、わざわざお金《かね》を出《だ》して会《あ》うような、ただの知《し》らないおじさんだ。

あのまま、お金《かね》ほしさに会《あ》い続《つづ》けていたら、どうなっていたか——。考《かんが》えただけでもゾッとする。

メイに見《み》つかってよかった。

もし、メイに止《と》められなかったら、あたしはこうやって冷静《れいせい》に考《かんが》えることもなく、パパ活《かつ》を続《つづ》けたかもしれない。

そして、いつしかこんなうしろめたい気持《きも》ちもどこかに消《き》えて、心《こころ》もマヒしてしまっていたかもしれない――。

そんなあたしのことを心配《しんぱい》して、涙《なみだ》を流《なが》したメイの顔《かお》……。

がんばって働《はたら》いているお母《かあ》さんに心配《しんぱい》かけまいとふんばってきたけど、だれかに心《しん》配《ぱい》されるって、なんだか不思議《ふしぎ》な感覚《かんかく》だった。

『いい子《こ》はすぐ泣《な》かないの。』――結局《けっきょく》、泣《な》かないようにしていたのは、いい子《こ》でいたかったからなんだ……。

「あたしも、メイと同《おな》じじゃん。」

あたしは涙《なみだ》をぬぐった。

『ううん、リンはわたしとはちがうよ。リンはいつもがんばってる。』

メイ……。メイもわかってくれていた。あたしががんばってるって、言《い》ってくれた。

あんな、見《み》ず知《し》らずの男《おとこ》の人《ひと》にほめてもらわなくたって、あたしのことを見《み》てくれている友《とも》だちがいる。

しかも、寒空《さむぞら》の下《した》で、ずっと待《ま》っていたなんて……。

もう、メイに心配《しんぱい》かけたくない。

メイは、いっしょうけんめい自分《じぶん》の気持《きも》ちを話《はな》してくれた。あたしの話《はなし》もいっしょうけんめい聞《き》いてくれた。

だから、これからは、家《いえ》でのグチや悩《なや》みは、メイに話《はな》せばいい。


「あー、なんかスッキリした！」

夕《ゆう》ごはんを食《た》べた食器《しょっき》を洗《あら》いながら、あたしは笑《え》みをこぼす。

「一人《ひとり》で泣《な》いたり、笑《わら》ったり、キモいんだけど。」

雄太《ゆうた》のにくまれ口《ぐち》だって気《き》にならない。

「よし！　今日《きょう》も『モノトーンズ』の動画《どうが》見《み》るぞー。」

「じゃあ、ぼくは先《さき》におふろに入《はい》る。もう、その曲《きょく》もお姉《ねえ》ちゃんのダンスもあきたんで。」

雄太《ゆうた》はそう言《い》って、逃《に》げるようにおふろ場《ば》へと行《い》ってしまった。

弟《おとうと》よ、気《き》がきくじゃないの。これで気《き》がねなく動画《どうが》も見《み》られるし、歌《うた》って踊《おど》れる！

ん……？　おふろに入《はい》ってくるっていうことは……雄太《ゆうた》、何《なに》も言《い》わなくてもちゃんとおふろそうじしてくれたんだ。成長《せいちょう》したなあ。

あたしは、髪《かみ》の毛《け》をたばねて気合《きあい》を入《い》れる。ゴムでしばった上《うえ》から、赤《あか》い水玉模様《みずたまもよう》のシュシュをつける。

またちゃんと『カズヤ』に水《みず》やりしなくちゃ。メイをさけるために、サボっちゃったから。ゴメンね、カズヤ。

「さあ、リン・オン・ステージ!!」

あたしは、動画《どうが》の再生《さいせい》ボタンをタッチした。

11

似《に》たものどうし

「ただいま。」

家《いえ》に帰《かえ》ると、わたしはまず洗面所《せんめんじょ》に行《い》って、手洗《てあら》いとうがいをしたあと、涙《なみだ》でぐしゃぐしゃになった顔《かお》も洗《あら》った。

まだちょっと目《め》がはればったい。これじゃ、お母《かあ》さんに泣《な》いたってバレちゃうかな……。

でも、気持《きも》ちはさっぱりしていた。

もう、大丈夫《だいじょうぶ》。顔《かお》がボロボロになりながらも、リンに自分《じぶん》の気持《きも》ちを伝《つた》えられたから。

だから、泣《な》いたっていい。今度《こんど》からちゃんと話《はな》すんだ、お母《かあ》さんにも。

わたしはタオルで顔《かお》をふき、着《き》がえをすませるとガラスの指輪《ゆびわ》をはめる。パンパンとほおをたたいてダイニングへと向《む》かった。

「今日《きょう》も遅《おそ》かったじゃない。」

お茶《ちゃ》わんにごはんをよそい、わたしに手《て》わたそうとしたお母《かあ》さんの手《て》が止《と》まる。

「メイ……どうしたの、その顔《かお》。」

「これは、えっと……。」

「また、リンちゃん？」

わたしが言《い》い終《お》えないうちに、すかさずお母《かあ》さんがたずねる。

「『また』って……。」

「ねえ、メイ。リンちゃんって子《こ》といっしょにいて大丈夫《だいじょうぶ》なの？」

「どういうこと？」

いきなりきた。今日《きょう》こそ、今日《きょう》こそわたしの気持《きも》ちを言《い》うんだ、お母《かあ》さんに。

「お母《かあ》さん、心配《しんぱい》なの。メイがつらい思《おも》いをしてるんじゃないかって。」

「なんで……なんで、そんなふうに言《い》うの？」

どうして、お母《かあ》さん。その反対《はんたい》だよ。わたしは、リンといっしょにいてとっても楽《たの》しいのに。

「だってここのところずっと、メイの様子《ようす》がおかしいんだもの。リンちゃんを家《いえ》に連《つ》れてきたころから。それって、絶対《ぜったい》リンちゃんの影響《えいきょう》でしょ？」

「ちがうよ、お母《かあ》さん。わたし、リンは何《なに》も悪《わる》くない。甲府《こうふ》のことはわたしがウソをついたのがいけなかったの。わたし、リンにもウソをついてたの。」

やっと言《い》えた――。そう思《おも》ったけれど……。

「リンちゃんにそういうふうに言《い》わされてるんじゃないの？」

「ちがうって！　どうしてそうなるの？」

「だって……だって、メイが親《おや》にだまって旅行《りょこう》なんてするはずないじゃない。」

お母《かあ》さんの声《こえ》は、心《こころ》なしかふるえて、今《いま》にも泣《な》き出《だ》しそうだ。

「メイは、素直《すなお》でまじめで、いい子《こ》なのに……。」

「お母《かあ》さん……。」

ああ、わたしはお母《かあ》さんのこの姿《すがた》に弱《よわ》い。

ものすごくお母《かあ》さんを傷《きず》つけてしまったような罪悪感《ざいあくかん》。そんな自分《じぶん》はとんでもなく悪《わる》い子《こ》なのだと、思《おも》わずあやまってしまいそうになる。

だけど、そうじゃない。わたしがお母《かあ》さんに言《い》いたいのは、「ごめんなさい。」じゃない。

「あのね、正直《しょうじき》に自分《じぶん》の気持《きも》ちを話《はな》すから、最後《さいご》まで聞《き》いてほしいの。」

「話《はな》さなくていいわ。わかってるから。どうせメイは、自分《じぶん》が悪《わる》かったって言《い》って、リンちゃんのことをかばうんでしょう？　さ、冷《さ》めないうちにごはん食《た》べるわよ。」

そう言《い》って、お母《かあ》さんは食事《しょくじ》を始《はじ》めようとする。

「お母《かあ》さん！　どうしてそんなふうに決《き》めつけて、わたしの話《はなし》を聞《き》いてくれないの？　いつもそう。わたしが話《はな》すよりも先《さき》に、『メイはこうなんでしょ、ああなんでしょ。』って言《い》って。」

「なんでそんなに口《くち》ごたえするの？　お母《かあ》さん、悲《かな》しい。」

お母《かあ》さんは持《も》ちかけた箸《はし》を置《お》くと、両手《りょうて》で頭《あたま》をかかえてうつむく。

「わたし、お母《かあ》さんの思《おも》うような子《こ》じゃないといけないの？」

たまらず、わたしの目《め》からひとすじの涙《なみだ》が流《なが》れる。

それは、いつもの「お母《かあ》さんにどう思《おも》われるんだろう。」っていう恐怖心《きょうふしん》からのものではなかった。ただただ、悲《かな》しかった。

「わたし、自分《じぶん》が思《おも》っていることを言《い》っちゃいけないの?」

「メイ……?」

顔《かお》を上《あ》げたお母《かあ》さんと目《め》が合《あ》う。

「今《いま》までずっと、お母《かあ》さんに何《なに》も言《い》えなかった。お母《かあ》さんは、自分《じぶん》が思《おも》うようないい子《こ》じゃないわたしのことは、好《す》きじゃないから。」

「だって、メイはいい子《こ》だったじゃない。」

「そう見《み》せてただけだよ。そのためにお母《かあ》さんにウソをついたし、自分《じぶん》にもウソをついてた。それが苦《くる》しかった。」

言《い》いたいことも言《い》えずに、ずっとほんとうの気持《きも》ちを押《お》しこめて、いい子《こ》を演《えん》じて
……。

「だけど、リンと友《とも》だちになって、毎日《まいにち》が楽《たの》しくて、いっしょに笑《わら》ったり、話《はな》したり

するのがうれしくて……。それは、たまたま好《す》きなグループが同《おな》じで――。」

聞《き》いているのか、いないのか、お母《かあ》さんは放心《ほうしん》したように、だまってすわってい
る。

わたしは、続《つづ》けて『モノトーンズ』を推《お》していること、甲府《こうふ》には、彼《かれ》らのライブを
見《み》に行《い》ったことを話《はな》した。

「リンと友《とも》だちになって、ほかのクラスメイトから『明《あか》るくなった。』って言《い》われた
んだよ。このわたしがだよ？　それに、リンのおかげで、わたし、きちんと自分《じぶん》の気《き》
持《も》ちを伝《つた》えなきゃダメだって思《おも》ったの。」

『泣《な》けばゆるしてもらえると思《おも》って、自分《じぶん》からは何《なに》もしないのよ。』――それじゃダ
メなんだって、強《つよ》くなりたいって思《おも》った。

「リンはね、わたしにとって初《はじ》めてできた大切《たいせつ》な友《とも》だちなの。だから、わたしとタイ
プがちがうからって、お母《かあ》さんに悪《わる》く言《い》われるのが悲《かな》しかった。」

お母《かあ》さんは何《なに》も言《い》わない。

「お母《かあ》さん。」

さっきから、ただ一点《いってん》を見《み》つめたままだ。

「お母《かあ》さんが思《おも》い描《えが》いているわたしじゃなくて、ありのままのわたしを見《み》てほしい。」

言《い》えた……。

お母《かあ》さんがちゃんと聞《き》いてくれたのか、伝《つた》わっているかわからないけれど、言《い》いたいことは言《い》えたと思《おも》う。

これも、リンのおかげだ。さっきリンと話《はな》せたから、話《はな》すことの大切《たいせつ》さを知《し》ったから、話《はな》してわかり合《あ》えることのすがすがしさを感《かん》じたから。

だから、お母《かあ》さんに話《はな》そうって思《おも》えた。その勇気《ゆうき》をもらった。

お母《かあ》さんがどう思《おも》ったとしても、また話《はな》そう。

「はあ……。」

深《ふか》いため息《いき》が聞《き》こえる。

「つまり、お母《かあ》さんが悪《わる》いってこと?」

え……?

「お母《かあ》さんがメイのことを思《おも》ってやっていることが、メイにとっては迷惑《めいわく》だって、そういうこと？」

「そういうことじゃなくて……。」

「もういい。勝手《かって》にしなさい。お母《かあ》さん、知《し》らないから。」

そう言《い》うと、いよいよ一人《ひとり》でごはんを食《た》べ始《はじ》める。

わたしは、何《なに》かがはじけたようにさけんだ。

「ほら、そうやって、自分《じぶん》の気《き》に入《い》らないことを言《い》ったり、したりするわたしを見《み》ようとしない。それが、つらいって言《い》ってるの！」

すると、お母《かあ》さんが突然《とつぜん》、持《も》っていたお箸《はし》とお茶《ちゃ》わんをガシャンとテーブルの上《うえ》に置《お》いた。

びっくりして、肩《かた》がビクッとふるえる。

「お母《かあ》さん、出《で》ていくわ。」

「え……出《で》ていくって……。」

お母《かあ》さんは立《た》ち上《あ》がると上着《うわぎ》をはおり、バッグにむぞうさに何《なに》かをつめこんで、玄《げん》関《かん》に向《む》かう。

ウソ……。ほんとうに……？

バタンッ。

玄関《げんかん》のほうから、大《おお》きな音《おと》をたててドアが閉《し》まる音《おと》がする。

どうしよう……。走《はし》って追《お》いかける？　追《お》いかけてどうするの？　「ごめんなさい。」ってあやまる？

待《ま》って。何《なに》をあやまるの？　「家出《いえで》をさせるほどお母《かあ》さんを傷《きず》つけてごめんなさい。」って？

それはちがう。わたし、お母《かあ》さんを傷《きず》つけようとしたわけじゃない。自分《じぶん》の気持《きも》ちを話《はな》しただけ。それなのに――。

悲《かな》しい。お母《かあ》さんは、ほんとうのわたしを見《み》ようとしてくれない。ありのままのわたしのことはきらいなんだ――。

たまらず、わたしは二階《かい》の自分《じぶん》の部屋《へや》にかけ上《あ》がって、ベッドにつっぷす。

そのまま電気《でんき》もつけず、まくらに顔《かお》をうずめて思《おも》い切《き》り泣《な》いた。

お母《かあ》さんなんか、大《だい》きらい！

それから、どれくらい時間《じかん》がたっただろう。

わたしは、泣《な》きつかれて、いつの間《ま》にか眠《ねむ》ってしまったようだ。

そうだ、お母《かあ》さんが家《いえ》を出《で》ていったんだ。どこへ行《い》ったんだろう——。

すると、玄関《げんかん》のドアが、カチャッと、静《しず》かに開《あ》く音《おと》がした。そして、そろりそろりと家《いえ》の中《なか》に入《はい》ってくる人《ひと》の気配《けはい》がする。

いつも「ただいまー。」と言《い》って入《はい》ってくるお父《とう》さんではないことはたしかだ。

じゃあ、お母《かあ》さんが帰《かえ》ってきたの？

わたしは、玄関《げんかん》が見《み》えるところまでそっと階段《かいだん》を下《お》りた。お母《かあ》さんのスニーカーが真《ま》ん中《なか》にある。

やっぱり、お母《かあ》さんが帰《かえ》ってきたんだ。——どうする？

わたしは、階段《かいだん》の途中《とちゅう》で、ひざをかかえてすわりこみ、目《め》を閉《と》じて考《かんが》える。

話《はな》したって、お母《かあ》さんには伝《つた》わらない。さっきは、いきなり出《で》ていっちゃって。話《はな》さなければよかった。もう、お母《かあ》さんには、何《なに》も言《い》わない——。

お母《かあ》さんと話《はな》したくない理由《りゆう》がどんどんふくらんであふれ出《だ》す。

でも、それと同時《どうじ》に、もう一つの声《こえ》が心《こころ》の奥《おく》から聞《き》こえてくる。

——それでいいの？　それじゃ、今《いま》までと何《なに》も変《か》わらないじゃない。

話《はな》したくない自分《じぶん》と話《はな》したい自分《じぶん》が、心《こころ》の中《なか》で戦《たたか》っている。

——わたしは、ちゃんとお母《かあ》さんと話《はな》そうとしたよ。だけど、わかってくれなかったんだもん。出《で》ていっちゃったんだもん。

——まだ一回《かい》しか挑戦《ちょうせん》してなくて、失敗《しっぱい》したからって何《なに》よ。初《はじ》めてなんだから、そりゃうまくいかないこともあるよ。

——でも、これ以上《いじょう》イヤな思《おも》いはしたくない。どうせ、お母《かあ》さんには伝《つた》わらない。

——ここでやめたら、それで終《お》わりだよ？

——だって……。

目《め》を開《あ》けると、ひざをかかえたわたしの指《ゆび》にはめられたガラスの指輪《ゆびわ》が見《み》える——。

わたしは、がばっと立《た》ち上《あ》がる。

「わたしったら、言《い》い訳《わけ》ばっかじゃん！」

今日《きょう》、リンに言《い》ったばかりじゃない。

『親《おや》にもちゃんと推《お》し活《かつ》のこと話《はな》す。もっと、ほんとの自分《じぶん》の気持《きも》ち、話《はな》せるようにがんばる。』って。

あぶない。リンとした約束《やくそく》を、その日《ひ》のうちにやぶってしまうところだった。

「もう一度《いちど》……。」

わたしは深呼吸《しんこきゅう》をすると、再《ふたた》びダイニングへと向《む》かった。


「お母《かあ》さん……？」

お母《かあ》さんは、食卓《しょくたく》に一人《ひとり》ポツンとすわっていた。テーブルの上《うえ》には、わたしとお父《とう》さんの分《ぶん》のおかずが取《と》り分《わ》けられて、ラップがかけられている。

「家出《いえで》したのかと思《おも》ってびっくりした。」

あらためて時計《とけい》を見《み》ると、お母《かあ》さんが家《いえ》を出《で》てから二時間《じかん》もたっていなかった。

「……ちょっと頭《あたま》を冷《ひ》やしてきただけよ。」

そう言《い》って、お母《かあ》さんは目《め》をふせる。

わたしはそっと、右手《みぎて》の薬指《くすりゆび》にはめた指輪《ゆびわ》に触《ふ》れた。

「わたし、これから自分《じぶん》の思《おも》っていることをしっかり話《はな》すようにする。だから、お母《かあ》さんの中《なか》の〝いい子《こ》のメイ〟で見《み》ないでほしい。」

「……メイの言《い》っていること、よくわからないけど、お母《かあ》さんも考《かんが》えてみる。」

そう言《い》うと、お母《かあ》さんは洗《あら》い物《もの》を始《はじ》めた。

その背中《せなか》を見《み》つめながら、わたしは大《おお》きく息《いき》をはいた。

言《い》えた。やっと、自分《じぶん》の気持《きも》ちを伝《つた》えられた。お母《かあ》さんがどう思《おも》ったか、今《いま》、何《なに》を考《かんが》えながら洗《あら》い物《もの》をしているのかは、わからない。

だけど、これからも今日《きょう》みたいに話《はな》すんだ。一回《かい》では伝《つた》わらなくても、わたしが自分《ぶん》にも人《ひと》にもウソをつかず、わたしらしくいるために――。

12 泣《な》いちゃうわたしの勇気《ゆうき》のもと

「いい？　当選発表《とうせんはっぴょう》の日《ひ》まで、これから毎朝《まいあさ》ここでお祈《いの》りするよ。」

「わかってる。この一枚《まい》にかけるんだもんね。」

リンとわたしは、神社《じんじゃ》で手《て》を合《あ》わせる。そのわたしたちの指《ゆび》には、おそろいのガラスの指輪《ゆびわ》が光《ひか》っている。

結局《けっきょく》、わたしたちは『モノトーンズ』の新曲CD《しんきょくシーディー》を一枚《まい》ずつ購入《こうにゅう》して、ファンミーティングに応募《おうぼ》した。

CD《シーディー》にランダムについてくるアクリルスタンドは、二人《ふたり》ともみごとに自分《じぶん》の推《お》しのものではなかった。

せめて、どちらかが相手《あいて》の推《お》しメンバーのアクリルスタンドを引《ひ》ければよかったのだけど……。

落《お》ちこむわたしに対《たい》して、リンは前向《まえむ》きだった。

「いいの、いいの。くじ運《うん》は、ファンミーティングのためにとっておこうよ。」

リンは、このアクスタとファンミーティングの応募《おうぼ》のためにパパ活《かつ》をしたはずだったけど、そのお金《かね》は今《いま》はどうしたらいいかわからず、机《つくえ》の引《ひ》き出《だ》しに入《い》れたままにしているという。

「『モノトーンズ』の思《おも》い出《で》に、あのおじさんがくっついてきてほしくない。」のだそうだ。リンらしいなと思《おも》う。

――神様《かみさま》、どうかわたしたちに、ファンミーティングの当選《とうせん》のお知《し》らせが届《とど》きますように！　わたしたちにとって、『モノトーンズ』は大事《だいじ》な存在《そんざい》なんです。毎日《まいにち》を楽《たの》しくしてくれるし、元気《げんき》をくれるし、たくさんの新《あたら》しい体験《たいけん》をすることができました。

甲府《こうふ》へライブに行《い》ったことはもちろん、最《もっと》も苦手《にがて》なタイプだと思《おも》っていた子《こ》と友《とも》だちになれたんです。

そして、その子《こ》のおかげで、人《ひと》の目《め》にビクビクしてすぐ泣《な》いていたわたしが、自分《じぶん》の気持《きも》ちを少《すこ》しずつ話《はな》せるようになったんです。新《あたら》しい自分《じぶん》に出会《であ》えたんです！

彼女《かのじょ》だけでもいいです！　どうか、どうか――!!

わたしは、合《あ》わせる手《て》にぐっと力《ちから》を込《こ》める。

「メイ、そろそろ学校行《がっこうい》かないと。あたしたち、今日《きょう》、水《みず》やり当番《とうばん》！」

リンにせかされて、わたしは、やっと顔《かお》を上《あ》げる。

二人《ふたり》で神様《かみさま》に一礼《いちれい》して、学校《がっこう》へと急《いそ》いだ。

「待《ま》っててね！　カズヤ、ナオト。」

わたしたちは学校《がっこう》に着《つ》くと、推《お》しの名前《なまえ》をつけた花《はな》たちに話《はな》しかけながら、水《みず》やりをした。

「ほんと、いつも二人《ふたり》でニヤニヤしちゃって。」

気《き》づくと、そこにはモモが立《た》っていた。

「そんなに水《みず》やりが楽《たの》しいの？　リンなんか、絶対向《ぜったいむ》いてないと思《おも》ってたのに。」

「まあね～。」

リンが意味《いみ》ありげな笑《え》みをわたしに向《む》ける。

わたしは、モモの手前《てまえ》、どうしていいかわからず、あいまいな笑《え》みを浮《う》かべる。

「ねえ、そのシュシュかわいいんですけど。」

ふと、モモがリンの手首《てくび》を見《み》て言《い》う。

「でしょ？　メイに作《つく》ってもらったの。」

「マジで？　すごいね！　わたしにも作《つく》ってよ。」

「うん……いいよ。どんなのがいい？」

わたしは、モモとも自然《しぜん》に話《はな》せていることに自分《じぶん》でもおどろく。

「そろそろ朝礼《ちょうれい》の時間《じかん》だ、行《い》かなきゃ。」

いつものように、モモがリンを誘《さそ》う。

「うん。メイも行《い》こ。」

リンがわたしを誘《さそ》ってきた。

「……うん！」

三人《にん》でならんで、いっしょに教室《きょうしつ》に向《む》かう。

なんだか不思議《ふしぎ》。この前《まえ》まで、わたしはえんりょして一人《ひとり》で教室《きょうしつ》に行《い》っていたのに。

「おはよう。」

教室《きょうしつ》に入《はい》ると、わたしは席《せき》が近《ちか》い夏美《なつみ》にあいさつする。

「お、おはよう……。メイから声《こえ》かけてくるなんて、めずらしいね。体調《たいちょう》、よくなったみたいでよかった。」

そうだったっけ？　わたし、自分《じぶん》から話《はな》しかけることすらしていなかったんだ――。

「うん、心配《しんぱい》かけてごめんね。」

「もしや、『テイルズ・オブ・プリンス』第二巻《だいかん》のラストシーンを読《よ》んだのですか？」

エミ子《こ》がメガネを押《お》し上《あ》げながらたずねてくる。

「ち、ちがうかな……。」

「ねえ、今度《こんど》の学習発表会《がくしゅうはっぴょうかい》で、ダンス部《ぶ》の発表《はっぴょう》があるんだけどさ。」

翌日《よくじつ》の放課後《ほうかご》、めずらしく教室内《きょうしつない》でリンが話《はな》しかけてきた。となりにはモモもいる。

「学年《がくねん》ごとにチームで踊《おど》るんだけど、衣装《いしょう》をそろえたいと思《おも》ってて。メイにお願《ねが》いできないかな。」

「うん……うん!?　わたし!?」

思《おも》わず、聞《き》きまちがいではないかと問《と》い返《かえ》す。

「リンのポーチもメイが作《つく》ったんだって？　すっごい上手《じょうず》だなーと思《おも》って。」

モモもリンと同意見《どういけん》のようだ。

「でも……。」

わたしにできるんだろうか——。また自信《じしん》のないわたしが顔《かお》を出《だ》す。

「大丈夫《だいじょうぶ》だって！　何《なに》ごともチャレンジ！　でしょ？」

リンが、わたしの気持《きも》ちを持《も》ち上《あ》げるように言《い》う。

「あ、うん……。」

「あたしたち、甲府《こうふ》までライブに行《い》ったじゃん!」

「甲府《こうふ》に⁉　だれのライブ?」

　モモがわたしとリンを交互《こうご》に見《み》る。

「実《じつ》は、同《おな》じ推《お》しがいるんだよねー。」

　リンはモモに宣言《せんげん》した。

「えっ!『Rain《レイン》 Man《マン》』推《お》しじゃなかったの?」

『Rain《レイン》 Man《マン》』推《お》しのモモは、おどろいてリンにたずねる。

「『Rain《レイン》 Man《マン》』もいいんだけど……ほんとうは、別《べつ》にいたんだ。まだ、あんまり有名《ゆうめい》なグループじゃないから言《い》えなかったの。ごめん。」

　すると、モモは納得《なっとく》がいったように言《い》った。

「そういうことね〜。どうもリンにしてはノリがよくないなって思《おも》ってたんだよね。」

　それからリンは、ひとしきり『モノトーンズ』について熱《あつ》く語《かた》った。気《き》づけば、わたしも口《くち》がなめらかになっていた。

「それで、メイなんか、親《おや》にウソついて甲府《こうふ》まで行《い》っちゃったんだよ。」

リンは笑《わら》いながら話《はな》す。

「それ、言《い》っちゃうの!?」

わたしがあわてていると、モモがわたしのうでをバシッとたたいた。

「メイもなかなかやるねえ、見《み》かけによらず。」

え？　責《せ》められると思《おも》っていた……。親《おや》にウソついてライブに行《い》くなんて。

「でしょう？」

わたしの代《か》わりに、なぜかリンが自慢《じまん》げに答《こた》える。

「じゃあ、推《お》しの衣装《いしょう》を作《つく》ると思《おも》って、やってみない？」

モモが、再《ふたた》び衣装作《いしょうづく》りに話《はなし》をもどす。

わたしの作《つく》った衣装《いしょう》を、リンやモモ、みんなが着《き》て踊《おど》る――。想像《そうぞう》すると、なんかワクワクする！

「うん、やってみる！」

こうして、放課後《ほうかご》はダンス部《ぶ》の一年生《ねんせい》のメンバーと、衣装《いしょう》について、ああでもない、こうでもないと相談《そうだん》する日々《ひび》が続《つづ》いた。

T《ティー》シャツの肩《かた》に切《き》りこみを入《い》れたり、前身《まえみ》ごろをななめに切《き》り、そこをひもで編《あ》み上《あ》げたりして、時間《じかん》や材料費《ざいりょうひ》から考《かんが》えてもベストと思《おも》えるデザインを考《かんが》えた。

ひもは、メンバーそれぞれの好《す》きな色《いろ》を使《つか》って、おそろいでありながらその人《ひと》オリジナルの部分《ぶぶん》も出《で》るように工夫《くふう》した。

メンバー五人分《にんぶん》。『モノトーンズ』のメンバーと同《おな》じ数《かず》。何《なに》かと『モノトーンズ』に結《むす》びつけてよろこんでいるから、自分《じぶん》でもおかしくなる。

予備《よび》もふくめて全部《ぜんぶ》で六着《ちゃく》を製作《せいさく》した。

「メイがダンス部《ぶ》の衣装《いしょう》を担当《たんとう》するなんて、すごいね。」

部活動《ぶかつどう》の時間《じかん》もせっせと衣装《いしょう》を作《つく》っていたわたしに、夏美《なつみ》が話《はな》しかけてくる。

「ねえ。まさかわたしがね。」

「特技《とくぎ》があるのはいいですね。プリンス・ジョーもさまざまな特技《とくぎ》を持《も》っていますが、中《なか》でもいちばん魅力的《みりょくてき》なのが……。」

エミ子《こ》はそれからえんえんと語《かた》っていたけど、わたしは衣装作《いしょうづく》りに必死《ひっし》で、ほとんど頭《あたま》の中《なか》に入《はい》ってこなかった。

だけど、推《お》しのことになるとおしゃべりになる気持《きも》ちもすごくわかる。

わたしも、堂々《どうどう》と好《す》きなものは好《す》きって言《い》おう。

「夏美《なつみ》、エミ子《こ》。今度《こんど》、わたしの推《お》しの話《はなし》、聞《き》いてくれる？」

「おお、メイにもついに推《お》しが⁉」

夏美《なつみ》は両手《りょうて》を胸《むね》の前《まえ》で組《く》んで、目《め》をキラキラとかがやかせる。

「それは興味深《きょうみぶか》いですね。」

エミ子《こ》もクイッとメガネを押《お》し上《あ》げる。

「でも……今《いま》はいそがしいから、学習発表会《がくしゅうはっぴょうかい》が終《お》わったらね！」


いよいよ発表会前日《はっぴょうかいぜんじつ》になった。

本番《ほんばん》に向《む》けて、メンバーの衣装合《いしょうあ》わせをする。

更衣室《こういしつ》から出《で》てきたメンバーが、口々《くちぐち》に「うわー、上手《じょうず》！」「これ、ほんとうに作《つく》ったの？　売《う》り物《もの》みたい。」と言《い》う。

みんなからほめられて、はずかしいのとこそばゆいのとで、うつむいてしまう。

「おまえ、泣《な》くだけがとりえじゃないんだな。」

いつもわたしをからかう男子《だんし》が言《い》った。

「あんたって、人《ひと》を見《み》る目《め》がないなあ。」

リンがやり返《かえ》す。その場《ば》が笑《わら》いにつつまれた。

「ねえ、見《み》て！　名前《なまえ》のししゅうが入《はい》ってる！」

メンバーの一人《ひとり》が、袖口《そでぐち》を見《み》ながら言《い》う。

「ほんとだ！　わたしのには『Ｍ《モ》ｏｍ《モ》ｏ』って入《はい》ってるよ。」

とモモ。

それは、わたしが内緒《ないしょ》で入《い》れたものだった。

「これは予備《よび》だから、名前《なまえ》を入《い》れてないんだけど……。」

予備《よび》の衣装《いしょう》をリンにわたそうとすると、押《お》し返《かえ》されてしまう。

「それは、メイのだよ。」

「わたしの……？」

だってわたし、踊《おど》らないし……。

「デザイナーってことで、メンバーも同然《どうぜん》でしょ。」

リン……。こんなかたちで、リンのダンスに参加《さんか》できるなんて。

うれしくて思《おも》わずほおがゆるむ。

「メイがけんめいに作《つく》ってくれた衣装《いしょう》で、あたしもがんばるから。」

「うん。わたしも、明日《あした》はこれを着《き》て見《み》に行《い》くね。」

わたしとリンは笑《わら》い合《あ》った。

「メイ、学発《がくはつ》が終《お》わったら――。」

リンが急《きゅう》に真剣《しんけん》な顔《かお》つきになる。

「ファンミーティングの当選発表《とうせんはっぴょう》!!」

わたしとリンはほぼ同時《どうじ》に言《い》って、また笑《わら》い合《あ》う。

「ちょっと〜、二人《ふたり》でまた楽《たの》しそうに。わたしも、その『モノトーンズ』ってグループ推《お》そうかな〜。」

モモが、わたしたちのほうによってくる。

「ぜひ!!」

わたしとリンはまた同時《どうじ》に言《い》って、目《め》くばせをした。

『やったね！　メイ。』

『うん！』

「じゃあ、みんな！　明日《あした》に向《む》けて練習《れんしゅう》するよ！」

リンがみんなに呼《よ》びかけると、五人《にん》のメンバーがステージに上《あ》がり、それぞれのポジションにつく。リンはセンターだ。

「カズヤと同《おな》じポジションだ。さすがリン。」

曲《きょく》が流《なが》れると、五人《にん》は踊《おど》り始《はじ》める。はじめはゆっくりだった動《うご》きが、曲《きょく》のサビに向《む》けて、だんだんはげしくなっていく。

五人《にん》の息《いき》の合《あ》ったダンスを見《み》ながら、わたしは小《ちい》さく手拍子《てびょうし》をする。ジャンプをしたりステップをふんだりするリンたちの、床《ゆか》をふみしめる振動《しんどう》が、わたしの足《あし》にも伝《つた》わってくる。

こんな未来《みらい》があったなんて――。

わたしの衣装《いしょう》でダンス部《ぶ》が踊《おど》るとか、『モノトーンズ』の推《お》しが増《ふ》えるとか――うらん、それだけじゃない。

わたしが、こんなにも気持《きも》ちが軽《かる》くて、自然《しぜん》でいられるなんて！

もちろん、今《いま》でも人前《ひとまえ》に出《で》るのはイヤだし、ダンス部《ぶ》の人《ひと》と話《はな》すのはビクビクしちゃうけれど、でもこれまでとはぜんぜんちがう。

だれかといっしょにいてもさみしかったのに、今《いま》はいっしょにいられるよろこびを感《かん》じている。

こんなわたしでも、変《か》われるんだ――。勇気《ゆうき》を出《だ》して、ぶつかっていけば……。

また、泣《な》いちゃうこともあるかもしれない。

でも、もう大丈夫《だいじょうぶ》。

ぶつかった先《さき》に、想像《そうぞう》もしなかったステキな未来《みらい》を開《ひら》くことができるって知《し》ったから。

そして、わたしにはぶつかっていく勇気《ゆうき》をくれるリンと『モノトーンズ』がいるから――。

倉橋燿子（くらはし・ようこ）

広島県生まれ。上智大学文学部卒業。出版社勤務、フリー編集者、コピーライターを経て、作家デビュー。講談社X文庫『風を道しるべに…』で大人気を博した。その後、児童書に重心を移す。主な作品に、『いちご（全5巻）』『青い天使（全9巻）』『パセリ伝説（全12巻）』『パセリ伝説外伝　守り石の予言』『生きているだけでいい！　馬がおしえてくれたこと』『夜カフェ（全12巻）』「星カフェ」シリーズ（以上、すべて講談社青い鳥文庫）、『小説　映画　なのに、千輝くんが甘すぎる。』（原作：亜南くじら、脚本：大北はるか）、『倉橋惣三物語　上皇さまの教育係』（以上、講談社）などがある。

泣《な》いちゃうわたしと泣《な》けないあの子《こ》

2024年4月8日　第1刷発行

著者……倉橋燿子《くらはしようこ》
発行者……森田浩章
発行所……株式会社　講談社
〒112-8001 東京都文京区音羽2-12-21
電話　編集　03-5395-3536
販売　03-5395-3625
業務　03-5395-3615
カバー・表紙印刷……共同印刷株式会社
本文印刷……株式会社KPSプロダクツ
製本所……大口製本印刷株式会社
本文データ制作……講談社デジタル製作

＊この本は書き下ろしです。
N.D.C.913　191p　20cm

ISBN978-4-06-535091-1